忘卻的愛麗絲

Forsaken Alice

筆尖的軌跡

插畫／MO子

Kadokawa Fantastic Novels DX

CONTENTS

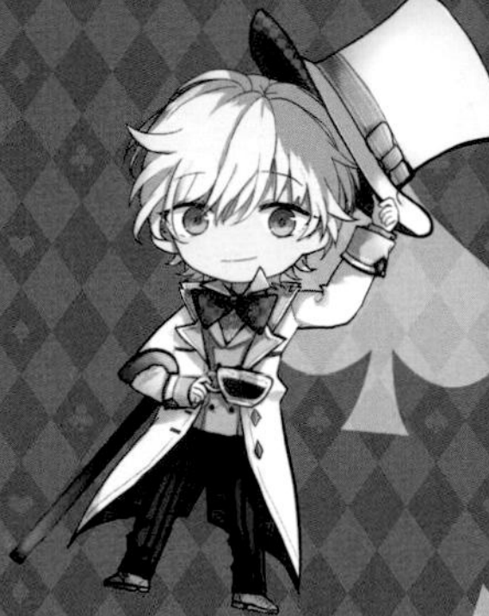

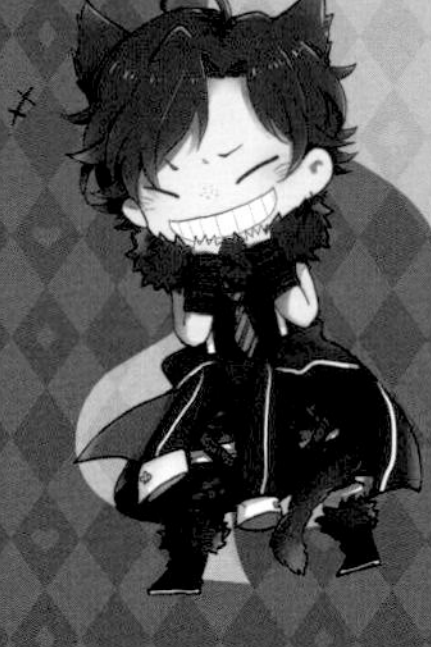

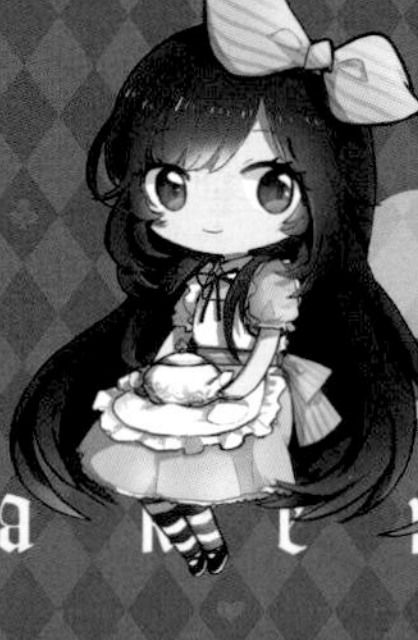

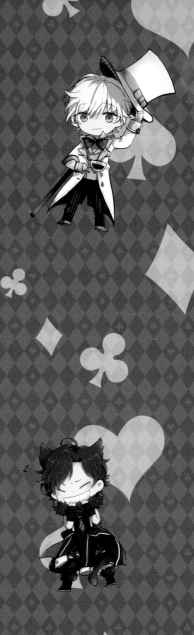

Forsaken Alice

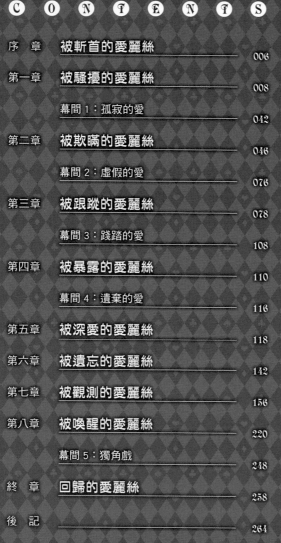

忘卻的愛麗絲

Forsaken Alice

筆尖的軌跡

插畫／MO子

Kadokawa Fantastic Novels DX

序章 被斬首的愛麗絲

什麼時候虛構會影響現實呢？什麼時候謊言會成真呢？
童話中，愛麗絲因為好奇掉到了洞裡，認識了好多朋友。
然而愛麗絲如果沒有及時醒來，就會在虛假的夢中被斬首。

♥ ♠ ♦ ♣

這是一個普通的早晨，與前幾天比起來，不同之處也只有特別晴朗，是個諸事皆宜的好日子。所以接下來發生的第一起不祥事件，儘管不是一切的起因，也算是一連串怪異的開始吧？

少女吃過早餐，習慣性地在上學前去拿報紙。她翻了一下信箱，卻發現有什麼東西卡在信箱裡面。

信箱跟公寓有同樣的年紀，成排地鑲在公寓門口，所以就算老舊到會夾到人手，只要其他住戶不同意，就無法更換。而且信箱有些狹窄，每當郵差一次送太多東西，包裹跟廣告傳單就會在信箱口卡成一團。

少女早就知道信箱的轉軸有些生鏽，所以她蹲下來，小心翼翼地用手指把卡住的東西夾出來。但這次卡住的不是報紙也不是廣告。

觸感濕潤，又有些粗糙，簡直要纏住了手指，就像、就像……

——人類的毛髮。

少女突然感覺手指刺痛，趕緊抽出手。

伴隨著信箱蓋嘶啞的金屬摩擦聲，咬到她手指的不明物也從信箱掉了出來。

是一個做工良好，被人細心打扮，穿著哥德蘿莉塔洋裝的娃娃，但娃娃的脖子被人折斷，尖銳的斷口還沾著她的鮮血。

娃娃的頭滾到少女腳邊，雙眼注視著她。若仔細看，娃娃的輪廓還與她有些相似。

不過這一切都沒有奪去少女的注意。

真正讓她驚恐的是隨娃娃掉下來的一張紙，紙上用歪曲的字寫著：

「找到妳了，愛麗絲。」

這個時候，世界一小角的漣漪還未擴散，另一位少女仍一無所知，正套著沒燙平的制服，披著早起散亂的長髮，開著電腦上網，享受著平和的早晨，儘管心情並不怎麼平和。

她看著標題為【小心！瓶裝水放置過久會分解出ＤＨＭＯ，攝入過多會導致癌症！】的文章，忍不住按下回覆。

最近網路上食品安全的議題大熱，ＤＨＭＯ又讓人想起前陣子的ＤＥＨＰ、ＤＢＰ等塑化劑，這篇文章還點名了幾大知名食品公司的瓶裝水與塑膠罐飲料，馬上就累積了超過萬個讚與分享。

少女卻邊怒敲鍵盤，邊抱怨說：

「真是的，點讚前都不先Google或維基查證一下嗎？還有這種分享，簡直是拉低網路上的平均智商啊。」

飯不能亂吃，玩笑也不能亂開啊！看一堆人當真的模樣，少女忍不住想「科普」一下。DHMO又名一氧化二氫、氧烷、氫酚、羥酸、氫氧化氫等，吸收過多確實會導致身體不適，噁心嘔吐，而且覆蓋地表71%，但這可不是什麼汙染地球的危險化合物，只是水——H_2O。

不料在她打字的期間，這篇文章又增加了75個讚與36個分享……

「啊啊——現在的人類已經大腦萎縮，只會按滑鼠左鍵了嗎？」

好吧，也許還會使用滑鼠滾輪……

確實，按讚與分享只需按一個鍵，不到一秒鐘，而查證不僅要用上十指，還可能花上幾個小時。

可是還未等她把文情並茂的大作發出去，螢幕就突然黑了。

少女趴倒在鍵盤前，聳動著肩膀。

「……我、我剛打好的文……太、太可惡了！就算網路上有自動存檔也不可原諒啊！說，趁我還有耐心，給我一個原諒你的好理由。」

回答她的是一雙筷子，還有讓她忍不住吞嚥口水的食物香氣。

「居、居然因為這種低階的動物本能……」

少女撇開頭，眼角仍然盯著罪魁禍首。

「就、就算你做出這種表情，我、我也……」

沒等她把話說完，嘴巴就被食物堵住了。

一手端著餐點，一手拿著筷子的青年雖然不動聲色，但淺色的碎髮下，琥珀色的雙眸依然露出遮不住的笑意。

……好吃。少女嚼了一口，內心就只剩下這兩個字……噢不，變成了三個字：好好吃！

今天是蝦仁糯米丸子配魚子，昨天是法式起司蛋餅佐燻鮭魚，前天更是牛肉可頌加上起酥洋菇濃湯……不過這也……

「太、太過分了！我怎麼可能只為了區區的口腹之慾就……」

青年隨即冷漠地說：

「不合小漩口味的東西，沒有存在的必要。」

話一說完，一整盤熱騰騰的早餐就即將落入垃圾桶。

被稱作「小漩」的少女連忙把盛滿早餐的盤子接住。

「我吃！我吃總行了吧？」

食物有了，可是筷子呢？

筷子還在青年手上，他俐落地夾起糯米丸子，湊到小漩嘴前。

小漩立即以自己所能想到的凶狠表情緊盯著他，並且閉緊雙唇。

青年越靠越近，小漩死盯著他手中的筷子，還有筷子上礙眼的糯米丸子，直到兩人的距離不知不覺突破了她的警戒線。

青年忽然嘆了一口氣。

「讓妳餓著，我會很自責的。」

「你還知道……」

接著，她又被塞進食物了。

小漩狠狠地咬住筷子，她居然同一招中了兩次！

青年見好就收，放下小漩咬住不放的筷子，報以溫和又欠揍的微笑。

小漩縮在椅子上一邊吃著早餐，一邊憤恨地看著他。

柔和的晨光穿過不遠處的玻璃水杯，在桌上映出朦朧的光暈。而青年正靠在窗邊，清晨的日光穿過他的髮梢，透過他身上筆挺的襯衫，在分明的輪廓邊打上淺淺的微光。襯著窗外亮麗的晨景，陰影中的他似笑非笑，眼神曖昧而深邃。

他從聲音、身材、容貌，甚至廚藝都無可挑剔，除了身分與企圖不明。

他的名字是假的。

儘管身分證件上寫著「黎遠」兩字，然而在網路上搜尋不到任何學校、就職、消費等等紀錄。身處這個任何名冊都網路化的時代，他簡直乾淨得像剛從原始叢林出來，或是從天上掉下來的。

很奇怪吧？小漩也總是不斷提醒自己，不能太靠近。

——他很危險。

凡走過必留下痕跡。不管是成長背景、過去的經歷，還是現在從事的工作，總是會不經意地留下蛛絲馬跡。但黎遠不同，他從不在小漩面前處理公事，沒接過一通電話，除了接送她上下學外，從未出現在公眾場合，甚至沒看過他與任何人接觸……幾乎沒有可追蹤的痕跡。

除了一次，被她無意窺見。

那時電視正播報著車禍新聞，一個小孩在家門前被卡車碾過，父母在媒體前痛哭失聲。小漩看到也為死者默哀了一秒。

可是小漩從眼角餘光看到黎遠笑了。

不是平日對著自己，充滿無奈與包容的樣板笑容；而像選秀比賽的評審，看穿舞台上選手的戲法，既了然於心又看不入眼的輕笑。

過了幾天，這對父母又上了新聞，卻是因為保險公司以有疑點為由，拒絕支付鉅額的保險金。

雖然小漩從沒開口詢問，但此時的她緊盯著黎遠，眼底已悄然多出了些許警惕。對此，黎遠付之一笑。

「小漩，妳一直注視著我，我很開心。不過妳一直不動早餐，我也會失望的。」

……你都沒想過是誰害我沒胃口的嗎？

小漩憤恨地用筷子戳了糯米丸子幾下，然而今天的糯米丸子比她的食慾還調皮，特別愛逗著她的筷子跟臉皮玩，讓她在黎遠的目光下連夾幾次都沒夾好。最後只好別開臉，赧然地說：

「你、你，如果你馬上離開，我一定食慾大開。」

但話一說出口，她就喉頭一哽，立即後悔。

僅僅一眼，見到黎遠苦笑的模樣，小漩的心就揪緊起來。

她垂著頭偷偷朝黎遠一瞄，就趕緊閉上雙眼。

「……誰、誰叫你一直盯著我，別、別做出那種表情，這是犯規！」

稍後只聽到黎遠嘆了口氣，溫和又無奈地說：

「……真是難以伺候的大小姐呢。」

說完，就傳來他離開的腳步聲。

小漩悄悄張開雙眼，望著黎遠下樓的背影，不由心想，黎遠與自己該算什麼關係？被趕出家門的女高中生，與「據說」受人託付，不得不照顧友人妹妹的青年？他們與其說像代理監護人與未成年者、管家與小姐、主人和寵物、實驗者與白老鼠……也許更像獄卒和囚犯吧？只是她是囚犯，黎遠是隨時監控她的獄卒。

其實她也不明白，為什麼自己能夠接受這樣的安排。很多事情都已經不願再想，僅僅被動地接受……不斷說服自己這樣就好，就可以睜一隻眼閉一隻眼地過下去。

當她吃完糯米丸子，端著盤子走到廚房，就看到黎遠的身影。

明明一直在心裡說要戒備、要小心，可是聽到洗碗的聲音，再看到他忙碌的身影，就覺得自己剛剛說的話是不是……太惡劣了？

她走到黎遠身邊。

「嗚，很好吃……謝謝你……」

她越說越小聲，目光也不敢對上黎遠，不自禁地往下移。

一往下看，心中又是一緊，甚至隱隱作痛。

儘管黎遠用盤子遮掩，小漩還是看到他右手背上的傷痕，穿透手掌，從指間一路撕裂到手腕上。因為這道猙獰的傷痕，平時黎遠總是戴著手套，並刻意改用左手不讓她瞧見。

小漩下意識就搶走黎遠手上的碗盤，之後反應過來，別開臉慌亂地說：

「我、我來洗吧？別、別把我當成家事笨蛋，洗個碗什麼的才、才、才難不倒我……」

小漩話還沒說完，就感覺到頭上一沉。

只見黎遠已經擦乾手，左手放在她的頭頂上，揉亂了她的頭髮，還笑著說：

「嗯，小漩很厲害，一定馬上就可以學會的。」

……等等，這種敷衍幼稚園小孩的語氣是怎麼回事！

可是她還來不及抗議，就聽到黎遠又說：

「不過現在已經六點五十七分，再三分鐘就要七點了。」

對啊，不是還有三分鐘……七點！

「要、要遲到了！啊啊啊——」

而且第一節是最機車的虎媽英文課，要小考文法單字，而她的課本還放在鍵盤旁邊……一個字都沒有讀！

♥ ♠ ♦ ♣

學校午休的鐘聲才響起不久，走廊上就傳來奔跑的聲音。

「別緊張，一切都會沒問題的。」

少女雖然被這麼安慰，可是一點也沒有比較放鬆，反而默默抽回被人拉著的手。在周圍同學的矚目之下，讓她更加不安。他們注視的原因不是少女，而是少女身邊正開朗笑著的少年——阿和。

阿和一直是高中裡的焦點人物。

雖說青春期是身材拔高的階段，但阿和明明只是高中生，卻有著青年的體格，再加上傑出的運動神經，加入了籃球校隊，還成了主力。如果僅僅這樣就算了，阿和抱著隨便玩玩的心態，竟然帶隊一路打進全國錦標賽，在冠軍賽以幾分之差得到亞軍，這樣的傢伙不引人注目也很難吧？

出眾的身材、陽光的性格，配上尚帶稚氣的笑容，確實是許多高中少女幻想的交往對象。真的要挑缺點，也許只有一個——就是不看氣氛，例如現在。

「別擔心。相信我，小漩真的很厲害。」

少女一言不發。

「別著急，馬上就到了，讓我找一下。」

少女仍然不發一語。

「是這間嗎？啊，鎖住了，看我把門打開。」

旁邊還不時有學生走過，對推開窗戶爬進化學教室的阿和行注目禮。

阿和爬進教室後，打開上鎖的門才發現……

「咦，小漩人呢？」

「小漩？」他走進準備室。

「小漩？」他拉開窗簾。

「小漩？」他蹲到桌下。

「小漩？」他打開櫥櫃……

「你是認為沒朋友的我就只能躲在櫥櫃裡面了嗎？」

小漩剛從門外進來，站在阿和身後，只差沒一腳踹他。

「小漩，妳怎麼會沒朋友，妳不是有我嗎？」

「哈、哈，想交朋友請出門左轉，很好很多隨你選，幫你節省時間不必謝。還有，請不要在我面前炫耀我佔不到你朋友總數的萬分之零點零零零一。」

「那個……」站在一旁的少女無措地說。

「別誤會，我跟那傢伙的朋友關係還在小數點以下，除了同班沒有任何交集，對妳絕對不會構成威脅。」

小漩無比自然地坐到化學教室的椅子上，打開自己的午餐，翻開自備的小說。

「順便說，不管他跟妳說了什麼，都別相信。他對我的認識百分之九十八都是他的幻想，除了我本人確實存在。」

「呃，小漩，我是認真的。」

「對不起，我是不毒舌就會死星人。」

「小漩妳不毒舌啊，只是說話有點長又有點饒。」

「好吧，那我就是不囉嗦不饒舌不吐槽阿和會死星人。」

小漩沒什麼好臉色是有原因的。

她當然不是什麼問題少女，在學校可以算得上是出勤高、操性好、事情少的三好學生。

對於必須接觸的人——例如同學、老師——她下意識地保持有禮疏遠的距離，維持基本的人際來往。至於無關人士——例如目前尷尬的別班少女——她就不想把生命消耗在額外的打交道上。

更不用說刻意維持友好，而彼此都只認識表面的「友誼」。人可是很複雜的，她可不會自大到在學校說幾句「你好」、「我好」的客套話，就自認了解別人。

簡單說，她懶。

尤其少女是被學校的風雲人物阿和帶來，臉上只差沒寫兩個字：「麻煩」。

一般人被這樣不近人情的對待，早就翻臉走人，只有阿和還若無其事。

他順手拉了兩張椅子到小漩身邊，先讓少女坐下，才接著對小漩開口：

「別這樣嘛，我可是有大事要跟小漩說。」

然後拍了拍一旁侷促不安的少女肩膀。

「別怕，小漩雖然說話有點直，但其實很好心。」

少女彷彿受到鼓勵，開口說：

「我、我今天收到了騷擾信，不知道能找誰幫忙，阿和就、就拉我來找妳。」

「這種時候不是應該找警方協助嗎？怎麼找上我這種業餘又只會嘴砲的無用女高中生？」

「因、因為……」

「小漩，妳聽說過『被斬首的愛麗絲』嗎？」阿和突然插嘴說。

「喂喂，你可別因為我沒加你臉書，就懷疑我不會上網。真是的，這年頭沒有過千粉絲就沒人權了？」

「被斬首的愛麗絲」起源於三年前網路上忽然流傳的一支神祕影片。

影片內容很簡單，是一位穿著哥德蘿莉塔洋裝的少女木然望著鏡頭，生澀地唸著波特萊爾的詩句，讀讀停停，唸到一半突兀地開始啜泣。鏡頭不斷往她蒼白的臉孔放大，聚焦在她不知為何驚恐的雙眼上。

然後一道詭異的撞擊聲響起。

畫面一晃，隨後迅速拉遠。少女胸口朝下倒在地上，臉孔卻不合理地正對畫面，雙眼直視著鏡頭，因為她已經被殘忍地斬首。

小漩忘了自己看的是哪個版本。據說首發影片已經被刪除，剩下四處轉載流傳的「完整版」、「加長版」，都不知是真是假。

當時影片在網路上爆紅，警方也因為受到輿論壓力而展開搜查，不過無疾而終。而少女身分始終不明，媒體將她稱為「少女A」，鄉民則給了她另一個名字——「愛麗絲（Alice）」。

「然後呢？這跟騷擾信有什麼關係？」小漩接著問。

阿和又鼓勵地望著少女，少女低著頭，開口說：

「我、我是愛麗絲的Coser。」

Coser？小漩有聽過這名詞，可是沒有多加留意，所以確認地問：

「是說角色扮演嗎？妳在扮演愛麗絲？」

小漩對角色扮演（Cosplay）有些粗略的了解，就是讓現實中的人扮演自己喜歡的虛構角色。

斬首影片與少女A由於真相不明，逐漸被社會淡忘，成為網路上的都市傳說。在都市傳說中，少女A變成了天真無知的愛麗絲，因為寂寞而玩網路交友，卻在跟網友見面時遇害。

漸漸地在網路上出現「被斬首的愛麗絲」的虛構形象，甚至還有角色歌、廣播劇，和添加《愛麗絲夢遊仙境》設定後的角色扮演遊戲……等有的沒的再創作商品。

少女A成了虛構的「愛麗絲」，自然也會有人因為喜歡而去扮演。

不安的少女遲疑地點點頭，又像想起什麼，臉色發白恐懼地說：

「對，是、是愛麗絲。我只是Cosplay了愛麗絲……難道，是愛、愛麗絲嗎……還是她？」

小漩沒聽明白。

「等等，妳說得清楚點。愛麗絲怎麼了？」

「別緊張，慢慢說，我們都在學校，沒事的。」阿和則安慰說。

少女遲疑了一下，才說：

「一、一開始，我以為只是網路上有人刻意鬧事，故意在我的相簿上說我半夜假扮愛麗絲在街上走，還有模糊的手機照片。我還收到信件，說要……」

她害怕地抱住手臂。

「砍、砍我的頭，說我是假貨，要讓我變成……真正的愛麗絲。信、信件裡還有一支影片……」

少女拿出手機，僵硬地點開信箱，按下播放。

影片中有許多不同愛麗絲的扮演者（Coser），笑著面對鏡頭，擺出可愛的動作，然而在背後的人群中有一個不協調的身影，正看著Coser，注視著鏡頭。

影片下方打著一排字幕：

【孤獨的愛麗絲想交朋友，卻被網友殺害，妳不僅沒有找到她、記住她，還假扮她、消遣她！】

畫面快速地閃過，許多影像開始重疊，而Coser背後的身影漸漸清晰、漸漸放大，好像一步步朝著鏡頭，朝著螢幕走近。

【愛麗絲一直看著妳，她會找到妳！】

奇怪身影的臉孔驟然放大，重疊在Coser的臉上。那是一張慘白木然的臉，是少女A最後的臉孔。她的雙眼死寂，眼神穿過螢幕，看著所有觀看影片的人，宛若控訴，也宛若詛咒。

【讓妳跟她一樣……】

少女別開臉，握住手機的雙手微微發顫，靜靜等著小漩看完。

不過小漩僅僅皺起眉頭而已。

「只有這樣？這樣應該還不足以讓妳認為『愛麗絲』已經找到妳了吧？」

少女回過神，愣了一下才說：

「今、今天早上，我在家裡信箱收、收到了信，還有娃娃……頭斷掉的娃娃。」

小漩見到少女惶恐無措的樣子，嘆了一口氣。

「嗯——我大概懂了。所以妳Cosplay過『被斬首的愛麗絲』，然後有人在網路上毀謗妳，說妳三更半夜假扮愛麗絲在街上亂走，還恐嚇要砍妳的頭，寄了這個怪談影片，甚至找到妳家住址，寄出騷擾信？」

「嗯……」

「為什麼不考慮報警呢？」

少女神情慌張，像尷尬難堪，又像害怕小漩不願相信她似的。

「我、我……家裡的人，一直反對我，我、我怕他們知道……」

「妳因為不好意思讓家人知道妳玩Cosplay還惹上麻煩，所以不敢報警？」

「嗯……」

小漩又嘆了一口氣。

「我不會不相信妳，不用這麼緊張。」

雖然這麼說有點不給面子，但小漩總覺得……什麼怪力亂神啊，怎麼看都充滿漏洞，可是少女還當真這麼窘迫又害怕，看得真讓人……心底著急。

她心想，反正現在是私下說說，也不是在班上高調表現，再說少女多半只是想要旁觀者給她一個安心吧？

「就讓我來揭穿這個『愛麗絲』的真面目吧？」

於是小漩這麼說。

「首先，先解決鬧事者的動機。第一個說妳假扮愛麗絲在街上走的，應該是一個單純的愛麗絲粉，討厭人裝神弄鬼吧？也許是哪個喜歡惡作劇的網友拿妳的照片ＰＳ，然後妳躺著也中槍。」

「……第一個？」

「網路上留言跟寄信的當然不是同一人啦。」

看著少女迷惑的表情，小漩忍住扶額頭的衝動慢慢解釋：

「另一個恐嚇說要砍妳的頭又寄影片的人，應該是愛麗絲的狂熱粉，或情境模仿騷擾犯，抑或只是純粹扮鬼嚇嚇妳。不過，不管是裝神弄鬼還是想扮鬼嚇妳，都希望妳因此相信真的有愛麗絲在作祟，當然不會去指責妳半夜假扮愛麗絲。」

小漩不等少女反應過來，接著繼續說：

「至於影片，每個都市傳說都會有好事者加油添醋，做出些靈異影片，只要善用影音軟體，剪輯一下就有了。影片還有檔案名稱，我想搜尋一下說不定會找到首發人，可能是某個為了增加人氣的萬聖節惡作劇吧？」

小漩很尊重死者，但不代表她相信惡靈有心情慢慢整人。

說到一半她拿出手機。

「地址的部分是有點麻煩，不過也比較有意思，雖然也不是多大不了的事啦。對了，都忘了問，妳怎麼稱呼？」

少女還在驚愕之中，呆愣愣地回應最後聽到的問題。

「我、我叫……」

「不用說真名，說網路暱稱就好。」

「嗯……久彌。」

感謝偉大的網路，小漩很快就查到了久彌的網誌、相簿，甚至臉書、推特、噗浪，尤其利用註冊信箱跟關鍵字交叉搜尋，又找到幾個可能是久彌的帳號。

「嗯——利用相片上的標籤，再配合好友的ＧＰＳ打卡，妳的生活範圍就大致定位了。」

然後小漩說出幾個路段，久彌聽了，臉色越來越蒼白。

小漩輕鬆地將手機放回口袋，心想，這就是沒朋友的好處了，誰也無法控制網友怎麼發文、怎麼標籤。

「接下來就只要在上下學時間蹲點，就可以找到妳家住址啦。」

凡是有心人士都可以在網路上查到小漩說的手段，所以惡靈什麼的，不過是惡作劇的好事者或騷擾犯拿死者來裝神弄鬼罷了。既然「愛麗絲」的真面目是人類，剩下就交由久彌自己決定囉？

久彌聽完卻沒有任何放鬆與欣喜，反而怔怔地睜著雙眼。

「啊啊，不要擔心，我們會幫助妳的。」

阿和趕緊手忙腳亂地安慰起來。

「以後我們一起上下課好不好，事情都會過去的。」

小漩則是一愣。

呃，怎麼會這樣？她還以為揭穿騷擾犯的手法可以讓久彌不必疑神疑鬼、心驚膽跳。是自己說話太直接了嗎？還是三言兩語打發別人困擾已久的問題，太傷到人的自

尊？這、這時候該怎麼辦才好啊？

正當小漩不知所措時，久彌開口說話了。

「不、不是的……」

久彌並沒有因為阿和的安慰感到放心，反而抱著手臂不斷發抖。

「真的消失了……有人，真的消失了……」

久彌的聲音雖然微弱，但讓小漩無法忽視。那聲音就像從窗縫漏進的風聲，在小漩心中起了疑惑，讓她不禁想問得更清楚。

話還沒出口，教室中驟然響起手機鈴聲。

久彌慌忙拿出手機接聽，沒聽到幾句，臉上血色褪盡。「咚」的一聲，手機掉到桌上。

「……是、是愛麗絲。」

小漩趕緊按下擴音鍵。

『啊——不要、哈……啊——』

手機中傳來少女的哀求，伴隨著不知道是哭泣還是喘息的聲音，這一切都因為擴音放大而扭曲失真，刺耳又讓人不寒而慄。

通話的時間很短，不到一分鐘就戛然而止。隨後，通話結束的「嘟嘟」聲響起，在一片沉寂的化學教室內迴蕩。

小漩掛斷了手機，螢幕上來電號碼不明。

騷擾犯不僅找到久彌的地址，還有她的手機號碼，這已經超過了惡作劇的程度……而且這段聲音更是小漩在網路上從未聽過的版本。

看來無法置身事外了呢。小漩心想。

她覺得無法不管的原因絕對不是因為有趣或刺激，畢竟她可不是電視劇中的「顧問偵探」，也不是漫畫中的「死神小學生」。

然而剛剛久彌接起電話時，小漩口袋裡的手機也震動了，她收到一封簡訊。

簡訊的寄件人號碼同樣不明，上面只寫著兩個字。

【救我！】

♥
♠
♦
♣

當小漩與阿和把恐慌的久彌送到保健室後，阿和突然說：

「是不是讓小漩捲入麻煩了？」

虧你還知道這是麻煩？小漩無力吐槽。

「我已經習慣了，沒關係……個頭。還好你有點良心，不然我黑名單你，沒有下次了。」

「妳如果生氣的話，可以罵我。」

「如果對方覺得不痛不癢，那就沒有毒舌的意義了吧？先不說我有沒有因為被扯進麻煩事而生氣，光是對無感笨蛋發脾氣也只是在殘害自己的腦細胞吧。我只有小命一條，還滿珍惜的，可不想把寶貴的青春浪費在沒意義的事情上。」

「嗯？小漩，妳剛剛是在毒舌嗎？」

「……我不想說了。」

不想承認自己剛剛在浪費生命的小漩馬上閉嘴。

阿和靠在走廊的牆上，難得不再沒心眼地傻笑。

「小漩，妳打算怎麼辦？」

他的上半身正好落在走廊的陰影中，臉上早已卸下笑容，神情嚴肅而認真，彷彿平日的開朗下隱藏著更深、更不可捉摸的暗流。小漩覺得像窺見什麼不該探究的隱私般，渾身不自在。

「我可不認識什麼高功能反社會人格的偵探，這種『大事』還是交給專業人士吧！唉，但如果她堅持不把正規途徑當作選項，我也沒辦法。都到這種程度還不找警察，總不會有什麼不可告人的過去吧？」

「啊？不可告人的過去？」

「例如什麼貴圈好亂啊、假網友真援交、三角戀小三上位、肥皂劇恩怨情仇之類的……」

阿和一臉呆愣。

「你知道我對三次元不感興趣，但久彌的網誌上只有Cosplay的照片，加的好友也都是Coser，沒半個學校同學。」

小漩耐下性子難得地解釋。

「而且交流還挺密切的。」

儘管久彌本人不算難看，不過化上濃妝又ＰＳ修圖後，簡直判若兩人。如此熱衷於Cosplay，還把生活切割成兩部分的久彌，難免有些不想讓現實親友知道的祕密。

「呃，意思是？」

阿和仍是一臉呆愣。

小漩心想，我應該慶幸這世界上跟我搭不上話的正常人佔多數嗎？

「唉，總之，等久彌醒了，你再問問她還有什麼話沒說。」

「啊？小漩下課後不跟我們一起走嗎？」

「……你今天已經消耗完我的社交力，現在還打算徵收我愉悅的獨、處、時、間嗎？」

她雖然願意幫助久彌，也十分在意那封奇怪的簡訊，但比起呆坐在驚恐的久彌面前，小漩更喜歡自己先到網路上查詢一遍，等久彌心情平復後，再聽她坦承未講明的原由始末。

不過她說謊了。

放學後，她不是一個人。她只是想避開阿和。

在收到神祕簡訊不久後，她又收到另一封簡訊，所以獨自一人走到學校側門，坐進停在路旁的轎車裡。

黎遠正坐在駕駛座，親自開車接送她。

小漩不喜歡坐在前座，因為離駕駛者太近，很沒安全感。可是如今坐在後座，她卻由於看不清黎遠的表情，坐立難安。

她一上車，就趕在黎遠前急忙開口：

「別、別問我今天發生什麼事，我不想騙你。再說，我相信你也都知道了……」

嗚～～久彌的事也不是我招惹的，所以、所以這應該不算違反協議吧？她絞著手指心虛地想。

之後垂著頭，不敢望向前座，等著黎遠發話。

然而他僅簡單應了一聲。

咯咚，小漩感覺自己的心底被砸了一塊石頭，還是航空母艦級的。

怎、怎麼會這樣？平常黎遠一定會趁她心虛的時候說：「小漩很懷念我們無所不談的日子？」或者壞笑地說：「在小漩心中，我是一個霸道無禮的人嗎？」

這樣開她玩笑才正常吧？

她偷偷往前一瞄，只看得到他的側臉，依然保持著笑容，一路上高樓與樹木的光影交錯，讓他的表情更加模糊。

也、也不太像生氣的模樣？

為了打破宛若凝固的寂靜，她靈機一動。

「對、對了，呃，等一下、那個……晚上吃什麼啊？」

這、這是什麼笨蛋話題！我的腦袋只剩下吃、吃、吃了嗎？

不行，要理智點！話一出口，她努力克制自己想撞椅背的衝動，然後低著頭，躲藏在後照鏡看不到的地方。

「沒、沒什麼，我只是想說……煮菜什麼的，我也可以，今天晚上就換我煮、煮點什麼……」

話還沒說完，轎車就猛然煞住。

黎遠將車停到路邊，下車打開後座的門，直視著小漩，逐漸靠近。

他穿著正式，如同剛從會議中趕來，帶著職場特有的幹練與嚴謹氣息。此刻，他卻失去溫和的笑容，凝重得宛如背負令人窒息的重量，直直注視著她。

怎、怎麼了？小漩呆了。

距、距離好近，彷彿可以感覺到黎遠身上的溫度，以及浴洗過的氣味。他的雙眼壓抑著自己看不懂的情緒，整個人又恍如快要崩塌，僅靠著一點意志強撐，才沒有倒在自己身上。

那一刻，她幾乎屏住了呼吸。

黎遠彎下腰，向她傾身，雙手平穩地繞過她，為她繫上安全帶，並在她的耳邊低聲說著：

「……小漩，妳這樣坐，很危險。」

「……你、你是故意的吧！」

她臉紅了——是被氣紅的，而且還被黎遠的下一句話氣得更紅。

「小漩說要煮飯給我吃，我很開心。不過我們還是先從切水果開始吧？」

「可、可惡……」

被玩弄了、被瞧不起了！可是這話好有道理，她竟無言以對……

接下來的路途中，小漩都正襟危坐，雙眼盯著窗外，再也不看向前座，也沒見到黎遠望著後照鏡的眼神。

一回到房間，她馬上打開電腦，創建空白文件檔。

【啊啊啊啊太差勁了！】

【笨蛋笨蛋笨蛋……】

【你什麼都不懂！】

【人與人之間最基本的信任在哪裡？】

【這玩笑一點都不好笑好嗎？】……

狂打了一堆文字，接著不儲存就關閉，再默默把文件丟到資源回收筒。

直到累了，靜了下來，她打開桌面上的回收筒，一整頁都是沒命名的新建文件。

小漩趴在鍵盤前，自己也不明白。

心裡滿滿的，充斥著各種她不懂的情緒，好悶、好亂。

她打開手機，通訊錄中沒有任何號碼，她仍然寫了一封沒有收件人的簡訊：

【我想學做菜。】

簡訊自動存成草稿。儘管沒有發送，小漩也知道黎遠收得到，因為她的手機與黎遠隨時同步。

這就是她跟黎遠的協議：黎遠可以監控她，但不能限制她。

❤ ♠ ♦ ♣

「這真的只是煮菜？我看是鍊金術吧？還要計算時間、控制火候、切菜角度、秤重……我是在做化學實驗嗎？」

「菜焦了，冰箱裡還有材料。鍋子很無辜，別摔它。」

「呃，原來這就是生肉的觸感嗎？黏黏軟軟的……難怪火被認為是文明的開始，古代人的生活還真不容易……」

「是啊，半生混合著焦味，滿古早味的。」

一整晚，黎遠沒有詢問，小漩也沒有提起。

當小漩含淚吃完自己的心血成果後，她回到房間，坐到電腦前，望著手機未刪除的簡訊一會，最後還是在Google搜尋欄輸入一個關鍵字：【被斬首的愛麗絲】。

她知道自己已經惹上麻煩，然而手機中「救我」兩字的簡訊，就像搔在臉頰上的碎屑，寄送的時間巧合到讓她無法忽視。

小漩相信，如果有心，要拿到她的手機號碼並不難，至少有留在學校檔案中。不過為什麼？小漩確信自己從未見過久彌，也沒涉入Cosplay圈，而且到底是誰寄的？「救我」兩字究竟是什麼意思？

是偶然的惡作劇？

還是久彌口中消失的少女在求救？

難道，真的有少女A事件的模仿犯，這是對於自己罪行所做的告解？

……如果是騷擾犯寄的，那自己跟這件事又有什麼關係？

小漩仔細一想便立刻否定，因為如果真的是模仿犯，還綁架了另一名Coser的話，他沒道理花這麼多時間讓久彌提高警覺，卻又遲遲不下手，假如拖到久彌報警不是會更棘手嗎？

更重要的是久彌的反應。

如果認為這只是單純惡作劇，所以不想驚動家人還可以理解，可是久彌明明如此恐慌，卻不顧人身安全想瞞下此事，甚至還相信有愛麗絲的惡靈。她應該是想起了什麼，背後另有隱情。

真麻煩啊！小漩嘆了一口氣。

不過若沒有久彌配合，僅僅靠自己手中的「救我」兩字——既不像詐騙，也不像恐嚇，充滿惡作劇的感覺——就這樣去找警察，大概會被當成小孩子的玩鬧，連三聯單都看不到就被吃案吧？

小漩撐著臉，注意力又回到電腦螢幕上。

不意外，「被斬首的愛麗絲」約有一萬項搜尋結果，當然大多數都是玩偶、模型、遊戲、同人創作等，不是小漩想要知道的。

於是她再加上另一個關鍵字：【少女A事件】。

【〔專家分析〕少女A真假影片之謎】

【被斬首的愛麗絲事件詳解，應為天橋棄屍案死者】

【一名北高失蹤少女自稱少女A】

【警方已尋獲網路人蛇集團，專鎖定聊天室迷失男女】

小漩越看越糊塗。看來經過了那麼多年，別說抓到凶手，就連哪個屍體才是少女A也不清楚啊，越挖疑點越多。

再說，這些跟Cosplay一點關係也沒有啊？

正當她想繼續點閱時，手機倏然響起。

然而這次不是簡訊，而是電話。

小漩望著在桌上不斷震動發光的手機，背後一涼，上面沒有顯示來電號碼——與之前的神祕簡訊一模一樣。

這、這只是電話而已。小漩握住自己的手腕，跟自己說。

不會有事的。也許，這就是揭穿騷擾犯的唯一機會……隨後她接起了電話。

「喂？」

『P001晶片，註銷封鎖命令。』傳來一句意義不明的話語，然後是一陣奇怪的聲音，稱不上旋律，更像是機器將各種音符隨意組合一起。

刺耳、古怪，但是……

很熟悉。

——對了，以前哥哥曾經……

思緒驟然中斷，彷彿有個遙遠、模糊的聲音正在腦中命令她。

——停下來，別再碰了，不能去想……

「咚」一聲，手機掉落到地上。

她來不及思考，只覺得好累、好沉重，接著眼前一黑，暈倒在電腦桌前。

下一刻，小漩鎖上的房門被悄然打開。

是黎遠，臉上是小漩從未見過的冰冷神情。

他彎下腰，撿起小漩掉落在地上螢幕閃爍亮光的手機。手機通話已經結束，唯有無意義的嘟嘟聲。他看了一眼，就深深皺起眉頭。

他輕輕抱起小漩，小心翼翼地放到床上。

當小漩的髮梢從他的指間滑過，冷靜的面容終於有一絲破綻，宛如堅固的高牆裂出微不可見的縫隙。

他有如嘆息般，壓抑地低語：「漩……」

他不禁朝少女沉睡的臉龐伸出手，卻在觸碰到的前一刻收了回去，閉上雙眼。

再度睜開時，眼底所有翻騰的掙扎與思緒都已消失，僅剩下扼殺一切的理性。

幕間1 ～孤寂的愛～

落葉是溫和的。

陽光穿透泛紅的葉脈，一陣輕風拂過葉梢，落葉沒有掙扎，還帶著生命的殘溫，寧靜地飄落，化為泥土中濕潤的養分。

人類是尖銳的。

從背後傳來的耳語一句句彷彿都刺入胸腔，貫穿頭顱手腳，將獵物吊起來品頭論足一般，比鋒利的刀刃還要冰冷。

「你看你看，那傢伙總是一個人喃喃自語，好可怕喔，呵呵呵。」

「別這樣笑嘛，多可憐啊。還記得上次家長會嗎？有那樣的父母，難怪……果然都是會遺傳的吧。」

「你知道嗎？之前還有人看到那傢伙說著說著就哭了呢，果然是有病吧。」

果然，人類是骯髒的。

所以人類才需要不斷洗澡，因為一天不洗，血肉之下的汙穢就會洩漏出來，散發噁心的臭味。

只有她是不一樣的。

如果沒有遇見她，我也許就會逐漸麻痺，努力成為社會需要的人，父母期待的孩子，一個功能良好的肉塊——有禮貌、沒多餘想法，對一切不疑不問地達到旁人要求的肉塊。

「快道歉！對不起、對不起，都是我們家的孩子不好，是我沒教好，請各位老師同學多多包涵……」

「別說了！知道這樣有多丟臉嗎？就不能少說幾句嗎？」

「反正這個家如何也沒人在乎，就當沒這個家也好，我早就不期望家裡有誰能像個正常人了。」

後來我明白了。錯誤的，是我。

從國中開始，我每天都在鏡子前練習微笑。沒有人想知道你今天心情如何，但他們絕對不會想看到你的臭臉。也沒有人想知道你今天過得怎樣，他們只希望你回答都好，然後聽他們說自己的長篇大論。

沒有人需要我。他們需要的只是一個乖孩子、好學生、好朋友，不是我。

但我遇到了她。

她是特別的。她願意對我微笑，願意聽我說話，願意耐心陪我。

我知道她了解我。

我跟她說了好多好多，從小時候騎車跌倒，第一次在學校當眾出糗，到最討厭父母說什麼話……我想我們彼此契合。

直到她離開了我。

❤
♠
♦
♣

伸手一抓，只握住冰冷的空氣。

已經不知道是第幾次在半夜中驚醒，每一次清醒又陷入惡夢中，逐漸分不清哪個是夢，哪個是真實。

好吵。黑暗中電扇、時鐘、電腦風扇好像都在竊竊私語。

我需要她，我想聽到她的聲音。

我戴上耳機，蜷縮在棉被裡，一遍又一遍播放她的聲音。我不是一個人，不是一個人，不是一個人不是一個人，不是……還有她，我還有她。

我擦乾滿臉軟弱又噁心的淚水，開始洗漱。

等我，我馬上去找妳。

第2章 被欺瞞的愛麗絲

小漩今天從早上醒來直到中午都悶悶不樂、心煩意亂。

儘管平常上學也沒多開心，可是今天她特別煩躁，尤其旁邊還有個不識相的傢伙不斷囉嗦。

「……上次同人展都沒人見到她，這不是很奇怪嗎？但是網友就算想關心也很難做什麼吧？畢竟完全不知道對方的真實身分，就算察覺到什麼不對勁，也無法報警。說不定她只是臨時想休息個幾天，或是退出圈子幾個月。而且網友一定也會想，如果真的在現實世界出事，家人應該會先報警吧？似乎還輪不到自己多事。不過假如她是一個人租房子住，哇，出事了就真的沒人會發現耶。」

囉嗦一堆就算了，那傢伙還轉過頭來看著小漩，毫無自覺地問：

「小漩，妳有聽懂嗎？」

那傢伙就是阿和。

「請別浪費我的生命，好嗎？」

小漩邊戳著午飯——昨天晚上自己做的剩菜——邊憤恨地說：

「簡單說就是，久彌還有另一個Cosplay愛麗絲的網友，同樣收到騷擾信，然後消失了。想慢性自殺，很好，不送，別扯上我。」

阿和聽完瞠目結舌地看著小漩……手上的便當。

「呃，小漩妳怎麼了？跟家人吵架嗎？如果不喜歡自己的便當，我們可以交換……妳的便當盒快破洞了。」

誰能為他的神ＥＱ點讚？小漩無話可說。連她自己都沒注意到，可憐的便當盒已經在無意識中成了出氣筒，差點與筷子同歸於盡。

她只記得昨天晚上自己看著網頁不知不覺睡著，醒來後就已經躺在床上，不用想也知道，一定是黎遠做的。原本她還忐忑不安，不知道該如何面對發現自己再次惹禍的黎遠，沒想到醒來後，人不見了，餐桌上留著一張紙條。

「有事外出，好好照顧自己，別擔心。」

誰會擔心你啊！昨天的事情什麼都沒解釋，一大早又不見人影……還有，我的早餐、午餐呢？小漩打開冰箱，看到自己昨晚沒吃完的剩飯剩菜……就沒有然後了。

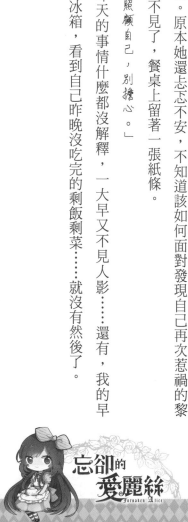

她把發散的思緒收回，盡力專注於久彌身前的紙上。紙上只有一行字：

「找到妳了，愛麗絲。」

「這就是昨天早上收到的騷擾信？」

也許是這幾天壓力太大，或昨天受到太強烈刺激，久彌悶悶的，點點頭沒有說話。

「嗯，是電腦列印，連報紙剪字都不是啊……不過究竟該怎麼解讀這封騷擾信，還要看妳的回答而定。」

「啊？回答？」不僅是久彌，連阿和都一臉疑問。

「詠音是誰？」

小漩一說出這個名字，久彌渾身一顫。但小漩依然說了下去：

「詠音應該是妳很要好的網友，妳們兩人幾乎都一起參加Cosplay團，可是為什麼四個月前突然失去聯繫了？」

更可疑的是詠音的網誌與相簿都已刪除，而且小漩還在網路上找到更多的疑問，但這些她還沒問出口。

「……詠音、她……」

阿和像是為久彌打氣，他扶住久彌的肩膀，久彌才平靜下來，說出發生的往事。

「……詠音她在三個月前……」

久彌還沒說完，就被驟然響起的廣播聲打斷。

『二年丙班林響同學、林響同學，在校門口會客室有急件包裹要妳簽收。』

小漩趕緊摀住耳朵。她最討厭廣播器的聲音，好像把所有學生都當重聽似的，特別刺耳。

然而廣播結束後，久彌並沒有繼續說下去，反而坐立難安。

阿和拍了拍久彌的肩膀。

「妳先去吧，我們在這裡等妳。」

久彌便不好意思地轉身離開化學教室。

「唉？」小漩這時才意識到，剛剛那是久彌的本名？

等著等著，他們的午餐早已吃完，轉眼午休時間就要過了，可是久彌還沒有回來。

「真久，是東西太大拿不動嗎？還是發生什麼事了？」

小漩越等，心中不好的預感越深，但又覺得自己是不是受騷擾犯影響，神經太敏感了？

「我打個電話問問。」阿和說著，立即從口袋裡拿出手機，打給久彌。

電話還沒接通，就看到久彌走進教室。

久彌手上抱著一個紙盒，紙盒並不算大，大概有三個便當大小，怎麼看都不可能有多重。

阿和掛掉電話，跑到久彌旁邊說：「怎麼了？我來拿吧？」

久彌沒有動作，一臉茫然，過了一會兒才意識到阿和說的話，想將紙盒交給他。然而她用力到發白的手指卻十分僵硬，一個不小心，整個紙盒掉到了地上，裡面的物品全翻倒出來。

不是血、動物屍體、斷頭娃娃這種恐怖的東西，而是一堆相片。

全部都是久彌跟另一個少女的相片。

「……是她。」

久彌如同失去了力量般，站在原地，一動也不動。

「誰？」小漩沒聽清楚，又問了一遍。

「詠音……」

「詠音？」

「……是詠音寄來的。」

照片堆中有兩人的合照，也有少女單獨的照片，每一張都像是透過相片，注視著被圍繞在相片中間的久彌。

久彌的聲音微弱，卻又穿透凝重的空氣傳到小漩耳中。

「詠音，在三個月前，自殺了……」

自殺了？小漩一怔。

「……這到底是怎麼回事？」

她趁今天早上出門前的空檔，上網搜尋了一下久彌。小漩並不是不尊重久彌的隱私，而是騷擾犯既然會花如此多時間在久彌身上，必定有其原因——不管是因為狂熱著魔，還是有更多不為人知的私仇恩怨。

不過小漩沒有發現什麼狂熱粉，僅發現久彌交友圈中的異常——詠音的消失。

之後搜尋詠音，不僅發現詠音的相簿、網誌，甚至臉書帳戶都已刪除，並在一個名為黑板的匿名討論區發現……

【標題：這就是神還原嗎？請鄉民多多指教她。】

【內文：真會說，好有愛，結果自己做得如何？臉崩扯到潛規則，不多說。服裝跟道具的質感簡直廉價，這才叫做毀真愛吧。更重要的是連咪咪女神也敢批！她只是個新

手，請千萬不要放過她！】

底下還附上了詠音的照片與臉書對話截圖。臉書的內容不外乎是詠音批評其他Coser的表情、姿勢不像愛麗絲，是刻意賣萌、賣肉，根本不是真心喜愛角色。最後放上被詠音批評的Coser咪咪與詠音的照片對比。

小漩不認識詠音，也不懂Cosplay，不過一看也知道叫做咪咪的Coser確實比詠音漂亮許多，表情跟姿勢也很吸引男性目光。儘管詠音並不難看，但相比之下詠音真的像個蒼白、孤僻又陰暗的小女孩。

【回覆：自帶神顏藝，眼已傷，求治癒。】

【回覆：我來整理下詳細事蹟吧(ﾟ∀ﾟ)：一、喜歡批評人，說別人不專業，被批就裝新手，求原諒，或是轉移話題到自己不P圖、非衣架。二、動不動就問單眼，沒單眼就不專業，還私底下到處評論攝影師。三、雙面人，表面好來好去，喜歡背地裡刺人。四、自己沒條件，就到處黑萌妹、黑女神，說別人偽廚、想紅、賣肉。】

【回覆：這也叫做斧頭？我看是貼上錫箔紙的玩具吧？沒錢就別出，哭什麼新手窮。】

【回覆：居然批評咪咪女神！忍無可忍，大家快來轉發！頂上去，不能沉。】

【回覆：到底是誰在黑詠音？我之前在同人展遇過她，她人很好啊，不要隨便亂說。】

【回覆：樓上驚見護航！這次是親友還是分身？(ゝ∀･)ﾉｼ】

【回覆：樓樓上別鬧。之前本人在南部場見過詠音，說上幾句後加了好友，沒聊多久就一直教育我愛麗絲該怎樣、不該怎樣，說得好像只有她懂一樣。不理她還一直煩我，甚至在我的相片底下說東說西，超煩人的。別說咪咪，幾乎Cos過愛麗絲的大大都黑過，就只有她自己是神還原。】

【回覆：她會被黑完全不意外wwww。之前就覺得她沒本事、沒條件，還特愛酸人，尤其是表面跟你很好，私底下轉身就黑人。】

【回覆：再補充一條：五、喜歡勾搭攝影師，死會活標，發展迅速，交友廣闊。】

底下又附上一張照片，似乎是偷拍的牽手照，都只有背影。而兩人身邊分別用紅字標上名字，還附上一張如肥皂劇般的關係圖。

【回覆：這麼好！我也要，可以報名嗎？】

【回覆：樓上真勇者，這種貨色你也行嗎？(´_ゝ`)】

【回覆：樓樓上，只要長得帥又有錢，她都很歡迎喔！上學期還一直哀沒男友，快

去安慰她吧。(ﾐ´Д`ﾐ)つ゛】

整個討論串十分的長，小漩看得心寒，沒有再看下去，想也知道下面的內容都是在攻擊詠音。不僅是Cosplay圈的事情，連臉書上的對話、好友簡訊的內容、現實中的照片，甚至男女交往經歷都暴露出來，還隱約提及詠音是哪裡人，讀哪間學校……

任何一個反駁的話都會被冠上護航、親友，或被說成本人的分身。

然而這不是真正讓小漩心寒的地方。

許多被暴露的資訊、對話截圖，與偷拍的照片很明顯是詠音Cosplay圈的熟人所為，這意思是：詠音不僅僅在網路上被抹黑，連現實都被捲入，還不知道哪個朋友可以信任……

小漩帶著種種疑問到了學校，直到中午才當著久彌的面問出來。

此刻，久彌站在詠音的照片中，沒有回答小漩的問題，單單凝視著虛空低喃著：

「……是我，都是我的錯嗎？對不起、對不起、對不起……」

阿和見狀有些擔憂，可是還未開口，午休結束的鈴聲隨即響起。

看到久彌的模樣，小漩再次不知所措。

她蹲下想收拾照片，卻被阿和阻止。阿和低聲說：

「我來吧，妳先回去，我送久彌去保健室，記得幫我跟老師說一聲。」

然後對小漩勉強地笑了一下。

小漩回到教室，一整個下午都心神不寧。

被斬首的愛麗絲狂熱粉、同樣收到騷擾信後失蹤的少女、遭受網路霸凌導致三個月前自殺的詠音、三年前的少女A事件，以及自己收到的奇怪簡訊，還有黎遠……究竟之間有什麼關聯？

沉重混亂的思緒與冰冷的無力感壓在心頭，好像有什麼不明的異物逐漸入侵熟悉的日常生活。一切都無聲無息地變了。

「……這題答案是什麼？」就連老師講課的聲音都彷彿山谷的回音。

「何漩？」

乍然聽到自己的名字，小漩一愣回過神來。只見老師正不耐地敲著講台，直直盯著自己，而隔壁的同學還偷偷瞄了自己的桌面一眼。

她低頭一看，馬上知道哪裡不對……

整個下午，自己完全沒做筆記，課本一頁也沒翻，而且上數學課還放著上午最後一節的英文課本啊！

這時斜前方，阿和刻意地豎起課本，課文中夾著一張紙條，上面寫著一個大大的字：「B」。

……用這麼原始粗暴的方式打Pass，真的沒問題嗎？

但是不可否認，傳統確實好用。

放學時，阿和沒有急著離開，反而第一時間走到小漩面前。

「小漩，妳還好吧？」

平時小漩盡量避免在班上與阿和接觸，她可不想和這種風雲人物沾上邊，平白惹人注目，但現在顧慮不了這麼多。

她試著平靜地說：「我很好。數學課的時候……謝謝你。」

「……我還是有點擔心，妳、妳看起來不太對勁。」

阿和難得欲言又止，一臉擔憂的樣子。

「我真的沒事。」

「不，很奇怪，小漩妳說的話怎麼這麼短。」

小漩差點摀臉。這意思是我不毒舌，你就不習慣嗎？你的隱藏屬性是M？

「沒事沒事，我都說沒事了，你就別瞎操心。還有你不陪陪久彌嗎？她之前看起來都快暈倒了。」

小漩邊說邊想，這起事件受影響最大的是久彌吧？阿和實在是愛心氾濫，關心錯人了，應該把精力放在正確的人身上。

阿和聽了並沒有離開，深深看著小漩一會，才說：

「嗯，我相信妳。」

小漩無奈地想，阿和什麼時候變得這麼婆婆媽媽，看他平時還滿爽快的，就連對騷擾犯的事情也很正面樂觀。

不過小漩的心思沒放在這事上，隨著放學時間逐漸接近，她越來越在意抽屜裡的手機。此時放學時間已到，她依舊沒收到黎遠的消息。

當小漩獨自離開教室時，沒注意到阿和仍然駐足在教室門外的走廊上，默默地目送她離去。

♥ ♠ ♦ ♣

一路走到校門口，小漩煩躁地滑著手機。

「我數到三，如果再不聯絡，我就不管了。」

「一、二……」

小漩不用數到三，就無力地放下手機。什麼時候自己變成單蠢少女，要邊數花瓣邊摧殘智商才能安心了。

她已經無法欺騙自己。

雖然因為久彌的事情心中亂糟糟的，可是越接近公車站，她就越無法忽視擾亂她心情的另一個原因——回家會見到的人。

心裡有點不想立即回去。

一整天，光是想著被斬首的愛麗絲、久彌、自殺的詠音就很花腦力了，一直都不想去思考……黎遠的事。昨晚為什麼會忽然睡著，到底發生了什麼事？跟神祕的簡訊有關係嗎？還是……黎遠他……

頭，好暈。

一想就覺得腦袋昏昏沉沉。大概是自己昨晚睡太久，今天又操太多心吧？她在公車站前摀住頭，沒有搭上回家的那班車。

她緊緊握著手機，點開一封未讀簡訊。

傳來的人不是黎遠，而是同樣號碼不明的神祕訊息。

這是在上學前收到的，那時候她還因為黎遠的消失而慌張，沒心思仔細看。

這次簡訊有三個字：【找到我】，並且附上一個GPS定位地址。

……真可疑啊。小漩心想，我才不會這樣就上鉤呢……不過，稍微搜尋一下地址應該沒關係？

上網一查，馬上發現這地址就在市中心。

不安分的好奇心開始蠢蠢欲動。

去、去附近看看也沒什麼問題吧？儘管這簡訊一看就知道有鬼，而自己一個人追著不明簡訊去搜查，多半會讓……他困擾吧？不過這不能怪自己囉，誰教他一聲不響就搞失蹤。而且難得沒人管，她可以自由活動，去市中心逛逛也無妨吧？對，只是逛逛而已，沒問題的！

地址很好找，一趟公車就到了。

確實就在人來人往的鬧區之中，然而下了車卻發現……

真的是這裡嗎？太、太可疑了！

小漩盯著「可愛寶貝」服裝店與「啃得雞」快餐店中間，那個跟停車場樓梯口沒兩

樣的小安全門，門上還貼著黃紙廣告「您不幸福嗎？有婚姻生活困擾嗎？請撥打（0×）××××××」，底下則是被撕掉一半的「天國近了」……

這地址，一定很有問題。

她觸摸到冰冷的門把，心跳怦怦地越來越快，輕輕一推，才發現……門根本鎖著。

「什麼嘛，害我這麼緊張。」

她鬆了一口氣，整個人轉過身靠在門上，點開手機簡訊，想再確認位置。

然後就聽到「嗶」一聲，安全門應聲而開，而她背後一空，直接摔進門內。

好痛、痛、痛！搞、搞什麼啊？

她揉著頭，抓住旁邊的樓梯扶手，心想，難道手機裡有感應裝置？不會吧？

這時，又聽到不太妙的「嗶」一聲響起。

眼前的安全門居然、居然自動關了！

等等、等……

她連伸出手都來不及，眼睜睜地看著電子門再度鎖上，而且這次任憑手機怎麼在門鎖前搖晃，鐵門都文風不動。她只好轉向另一邊，望著被日光燈照得明亮的向下階梯。

那現在、現在只能硬著頭皮走下去了？

其實這神祕樓梯並不像恐怖電影那樣燈光閃爍，或是布滿灰塵、蜘蛛網，反而十分乾淨，這並沒有讓她更安心，因為……

很乾淨不就代表有人打掃嗎？不就代表常有人來嗎？

她欲哭無淚。

儘管踏出的每一步都十分小心，但在寂靜無聲的環境下，總覺得腳步聲異常響亮。

樓梯很明亮沒錯，盡頭卻是一片昏暗，而且她還聽到遠方傳來呼嘯聲……就如同有風高速穿過隧道般。

離開樓梯一看，這裡是——一個地下車站。

有軌道、有站牌，還有候車的座椅，所有都跟一般的月台沒什麼兩樣。

除了沒有半個人影。

明明是在上下班時間，車站最繁忙的時候，這裡卻空無一人。

仔細一看站牌「中央東路站」，啊，原來這裡是中央東路啊？不、不對啊！中央東路根本沒有地鐵！

她還來不及查詢手機ＧＰＳ，月台的另一端倏然響起開門聲與一群人的腳步聲。

小漩連忙躲到候車座椅後的陰影中。

「不、不可能是我，真的，當、當年的資料我根本沒有權限碰到……」

一個男人似乎摔倒在地上，不斷喘息，慌亂地辯解。

可是周圍無人回應。

他繼續自言自語道：

「對、對吧，哈、哈，根、根本不可能是我。而且當年實驗失敗的時候，資料不是全都在那場大火中，被他、被他銷毀了嗎？我、我早就知道了，怎麼可能還會調查呢，不覺得很奇怪嗎？」

此刻，傳來突兀的輕笑。

就像看到別人耍寶而忍不住噗嗤笑出聲，又輕微得像聽聞噩耗時的低嘆。

「確實很奇怪。」

那人的聲音語調輕鬆，宛如聊著無關緊要的瑣事，但讓小漩心中一冷。

「你沒有查閱的權限，居然還知道資料被銷毀了，確實很奇怪。」

緊接著「喀」一聲，好似……手槍上膛的聲音。

「不、不！等等……」

小漩摀住嘴，屏住呼吸，不敢發出半點聲響。

一陣涼意從指尖蔓延到心底，因為那人的聲音好熟悉，行為卻……好陌生。

——不、不要，不可能的，不會是他……

雙手不受控制地顫抖，手中的手機一個不穩，摔到地上，發出清脆的碰撞聲。

——完了。

腦中一片混亂，僅聽到有腳步聲不斷接近，最後走到她藏身的候車座椅旁。

另一道陌生的聲音傳來：

「這就是你的善後方式？」

「這又是你身為觀測員該管的事？」那人原先輕鬆的聲音驟然變得銳利冷漠。

沒、沒被發現嗎？小漩往外一看，只看得到陌生的青年皺起眉頭。

「……那線索……」

「他如果真的知道點什麼，就不會說出『資料被銷毀』的蠢話。」

之後那人漠然地說了一句：

「帶走。」

小漩只聽到一聲重擊，男人的哀求掙扎聲便戛然而止，隨即傳來拖曳與拉起拉鍊的聲音。

一群黑衣人帶著行李箱與巨大的黑色提袋，從小漩躲藏的座椅旁走過，而她的身影正好被陌生的青年擋住。

還有一個腳步聲，落在眾人之後慢慢逼近。

那腳步聲如同那人冰冷的話語，每一步都恍若踏在小漩的心上。她忽然覺得呼吸困難，就像無法忍受周圍沉重的空氣，簡直快要窒息。

那人走到了座椅旁邊，停下腳步。

這時，擋在小漩身前的青年低聲說：

「……你真的不會後悔？」

冰冷的聲音終於帶著一絲壓抑的沙啞。

「……我有我的選擇，你最好不要做出多餘的事。」

不過小漩什麼也沒聽進去。

她僅僅看了一眼，就猶如墜入冰川的裂隙，渾身一寒。

從縫隙中她窺見熟悉的側臉，還有那右手上與記憶中一模一樣的手套。

是黎遠。

冰冷、銳利，有如面對著微不足道的螻蟻，或是無須留情的敵人。明明是一樣的聲音、一樣的面孔，平時總讓人覺得很溫和、很安心，現在竟然完全認不出來。

這真的是黎遠嗎？

好冷，好陌生。她好像從來沒有認識過這個人。

她不知道黎遠何時走了，也許是一下子，也許過了很久。恍惚中，擋在她身前的青年轉過身，拉起搖搖晃晃的她，平靜地說：

「跟我來。」

小漩沉默了片刻後，回道：

「……不要。」

小漩盯著陌生的青年，防備地僵站著。雖然感覺不到他有惡意，然而這不代表他就不是壞人……

「我為什麼要跟你走？」

「那妳有辦法離開嗎？還是想……」青年眼鏡後的目光一瞥：「繼續蹲在這？」

……可惡！

這次沉默不到一秒。小漩就不甘願地默默跟著青年，走進不知道通往哪裡的電梯。

好，搭電梯也好，至少能按樓層吧？自己直接按一樓走人，行不行？小漩心裡如此盤算著。

結果……進電梯後，只見青年拿著感應卡一刷，電梯就自動關上移動了。

這電梯不僅沒按鈕，連樓層顯示都沒有是怎麼回事！

正當她猜測哪裡有隱藏按鈕時，耳邊傳來一道聲音：

「我的代號是寒川。」

「……什麼？」小漩一愣。

「我的代號是寒川，別傻到讓我說第三次。」

等等……

請問，您今年幾歲？

小漩現在可沒心情探討人類羞恥心的極限這種嚴肅科學問題。

……照慣例，這種時候不是應該先解釋一下現在是要去哪嗎？

「我們……」

「去我的辦公室談。」

你這傢伙是不能聽人把話說完嗎？誰要跟你聊了，我要回家！

可是當她對上青年毫無溫度的視線……

好吧，膽怯其實是生物的自保本能，順從本能而已，有什麼錯？小漩轉開臉。

不久她偷偷用眼角瞄了瞄。仔細看，自稱寒川的青年面無表情，戴著無框眼鏡，穿著如同實驗室的大白袍，如果忽略掉藐視凡人的眼神，還挺有憂鬱氣質的……前提是：他不開口。

「叮」一聲，電梯門開了。

開門就見到傾頹的古代樑柱，就像要迎面倒來似的，但被支架勉強撐住。石柱上殘破的痕跡顯示著歲月悠久，幾個石塊上還刻著她看不懂的文字。

這、這就是辦公室嗎？小漩傻眼。

「需要我說禁止觸碰拍照嗎？」

往前一看，就見到寒川面無表情地瞟了她一眼。

僅僅一眼，小漩還是從中看出了懷疑她人格，不，智商的意味……

再往後走，房間兩側除了滿滿古籍的書櫃，還擺放著星盤、星象儀與她從沒見過的銅製機械，就連書籍封面的文字她連一個字都看不懂。

她坐到木雕繡花的沙發椅上，感覺還沒坐穩，就見寒川拿著兩個冒著熱氣的杯子走近，其中一杯放到她面前。

而這次不用她猜測就聞到熱牛奶撲鼻的香氣。

可疑的人、可疑的地方、正常的飲料，好吧，還是很可疑！

理智上不該隨便亂喝的，但是一放鬆下來，聞到熱騰騰的牛奶香，肚子就……背叛了自己。淺淺嚐了一口，牛奶燙燙的，還加上她最喜歡的焦糖味……不過，他怎麼會知道？

不等小漩開口，寒川就已坐下，凝視著她說：

「冷靜點了？」

她低下頭，忽然覺得杯子的溫度傳到手心，漸漸暖了起來。

「嗯……」謝……

「缺鈣會導致煩躁、無力、注意力不集中，還有生理期失調，記得多補充。」

……你、你！你才缺鈣，你全家都缺鈣！

小漩還來不及爆發，寒川又自顧自地冒出下一句：

「差距真大。」

「啊？」

「我很訝異妳會變成這樣。」

什麼差距？還有……變成？難道他以前認識我？小漩更不明白了，如果遇過這種怪人，她肯定會有印象，但是她沒有。

寒川又接著說：「妳去那裡想做什麼？」

「我……」只是跟著簡訊上的GPS地址，也不知道為什麼就……

「留下來的東西都被銷毀了。」

銷毀？是剛剛在地下車站提起的實驗資料嗎？可是這跟自己有什麼關係？小漩開始懷疑他們兩人是不是位於不同的次元，為什麼寒川說的每一句話，她都沒聽懂。

寒川發現小漩毫不掩飾的疑惑後，也沒打算解釋，僅僅皺起眉。

「看來他沒告訴妳……這真是個斯芬克斯之謎。」

等等，這個他又是誰？黎遠？還有這莫名其妙的感慨是什麼？請好好說中文啊！

寒川沒讀到小漩內心的吐槽，一臉像見到不學無術的愚民般。

「妳沒讀過？伊底帕斯的悲劇。」

呃……焦點搞錯了吧？那是我應該知道的事情嗎？請問什麼時候高中課程裡面加入了西方古典文學，我怎麼不知道？

還有，這裡到底是哪裡？你跟黎遠是怎麼認識的？你們剛剛說的是什麼？為什麼黎

遠會在那裡……小漩很想一口氣把心底翻騰的疑問全說出來，但最後出口的只有一句：

「……為什麼幫我？」

「妳哥是我的舊識。」

哥哥……

儘管過去似乎成了很遙遠的事，可是從別人口中聽到這兩個字，依然讓小漩十分難受，腦袋好暈好脹，甚至好想吐。她很久沒去想起那個人的事，因為每次想到都會宛如失去自我般難受。

「這裡是世界觀測組織的分部，剛剛那車站是組織的地下網路之一。」

寒川的語調又變回毫無起伏，彷彿前一句話中的情緒不過是聽者的錯覺。

「妳哥、黎遠和我是在組織裡認識的。妳還有什麼想知道的？」

世界觀測組織？小漩好像聽過這個名詞，是聯合國……不對，那是國際觀察組織。那這個世界觀測組織又是做什麼的？

這組織又跟「被斬首的愛麗絲」有什麼關係？為什麼她會收到號碼不明的奇怪簡訊？又為什麼給她地下車站入口的地址？還有，黎遠他到底是……？小漩腦中一片混亂，卻不知從何說起，甚至不知道該不該問。

寒川注視著小漩，緩緩道來：

「……知識不一定帶來好的結果，雖然人總會有求知的慾望。無知也不一定是壞事，最可怕的是不知道自己有所不知。

就像拉伊奧斯因為知曉了神諭，拋棄將會殺害自己的兒子伊底帕斯，然而正因如此，伊底帕斯不知道拉伊奧斯是自己的父親，就在路上起爭執時殺了他。我所知道的也不過是片面之事，聽了，也許會導致不好的結果。」

這是小漩聽到寒川講過最長的一段話。

她握緊手中溫熱的杯子。是、是希望我仔細想好再做決定嗎？

寒川喝了一口熱茶，耐心地等待小漩消化。

之後他給了小漩一張名片，或者應該說名片大小的紙張，上面什麼都沒寫，只有一段地址，並說：

「妳如果想離開他，我可以幫妳。」

就算寒川沒有明說，小漩也明白「他」是指黎遠。

說完，寒川就送小漩下電梯到一樓門口，還叫了計程車送小漩回家。這時小漩才發現自己方才身處的大樓，正是市中心最高聳的商辦大廈。

小漩剛上計程車不到幾分鐘，寒川的手機就響了。他沒有馬上接起，而是先進電梯，回到自己的「辦公室」。

因為他知道黎遠還會再打。

他剛拿起桌上絕版的影刻本，才翻開不到一頁，手機就再度響起。

『她還好嗎？』手機另一頭的聲音略為低啞。

「自己去看不就知道了。」

寒川的語氣一如往常不帶情緒，單純陳述事實。他不在乎黎遠之前的敵意與威脅，也不受黎遠此刻的示弱影響。因為他曉得黎遠的職責、現在的處境，也猜得出他心中的掙扎與計畫。

黎遠一陣沉默，過了好一會才說：

『……為了他，你可以做任何事。而我，也是如此。』

一字一句中除了苦澀，更有無可動搖的意志。

他知道小漩就在那裡，然而他什麼也沒說，什麼也沒做，任由小漩目睹全程。

對此寒川僅說了一句：「這次，你可能會失去一切。」

連同生命，連同他唯一想守護的人。

『……我知道。』黎遠知道，他比所有人都清楚，但他卻低聲笑了。『……我早就什麼都沒有了。』

♥ ♠ ♦ ♣

稍後，小漩回到家門口前，眼前的建築也許算不上家，只是一個棲身的屋子，沒想到不知不覺間，這棟房子已經成為她最安心的地方。

她望著家中熟悉的燈光，雙腿站得有些僵硬，甚至隱隱發疼，卻邁不開腳步。

地下車站中悽慘的哀求彷彿仍在耳邊縈繞。

雙手忍不住緊緊抱著書包……怎麼辦？小漩心想，這個地方，還能回去嗎？

這時，身後倏然照來強光。

是汽車前燈，隨即小漩聽到後方傳來陌生的聲音。

「小妹妹，忘了帶鑰匙？我這有鎖行電話，速度很快的……」

是方才的計程車司機，已經拿出手機，準備日行一善了。

小漩趕緊僵笑說：「沒、不需要，我很好……」

隨後在關懷的目光下，硬著頭皮打開門。

一進到門內，她心頭騷動的不安落了下來，如同失重墜落，摔得沉重。

因為，黎遠不在。

冰箱裡有分裝好的早午晚飯，每一盒都精心製作了不同菜式，每一樣都是她喜歡吃的，她卻懶得加熱，冷冷的，沒有食慾。

她回到自己的房間坐了一會，沒心思碰電腦，又跑了出來。

她偷偷打開黎遠的房間，沒有人在。這是她第一次進來，房內一塵不染，別說線索，就連私人物品或多餘的東西都沒有，宛如無人使用的客房。她開始懷疑會不會一切都是她的幻覺，根本沒有人住過這裡。

她緊緊握住沒有動靜的手機，點開都已看過的簡訊，最後滑到了通訊錄。

一片空白。

一切都好奇怪，然而她沒有電話可以打，沒有人可以訴說。

地下車站、神祕組織、實驗、寒川……還有黎遠……

不僅是手機，自己對黎遠的認識也像這個房間一樣，空空如也。

她回到自己的寢室，倒在床上。

好奇怪。明明總是告訴自己要保持距離、要提高警覺，現在忽然覺得少了什麼，空了一塊。

她把臉深深地埋進枕頭裡，隨即自嘲地笑了。

剛剛不是還很害怕嗎？現在卻……為什麼？為什麼會變成這樣？為什麼心底空空的？為什麼……

「……明明有回來……卻不、留下來……」

先前協議好互不干涉的，這一次她要打破了。

怎麼辦？好想問，好想……聽他親口說。想著想著，她什麼也沒等到，只有一股疲憊襲來，不知不覺就陷入沉眠。

幕間2 ～虛假的愛～

【夏日限定～清涼泳裝版愛麗絲】

【俏皮可愛的蘿莉系Coser甜美詮釋】

【黑絲襪的誘惑，性感愛麗絲的絕對領域】

【你絕對沒見過的愛麗絲：制服系×女僕裝】

這不是愛麗絲。

愛麗絲才不是這樣。愛麗絲不會為了裝可愛嘟嘴巴，愛麗絲不會為了搶目光擠乳溝，愛麗絲不會為了增加點擊數露底褲，愛麗絲不會這樣，不是這樣……

啪一聲，滑鼠掉到了地上，就連鍵盤也摔壞了幾個按鍵。

我無法忍受。這些都是噁心的假貨，把愛麗絲拿來糟蹋，愛麗絲對她們而言不過是個笑話。她們全都只是披著愛麗絲的皮，用著愛麗絲的外表去做骯髒的事。她們汙辱了愛麗絲。

好髒，好噁心。

為什麼還笑得出來？

為什麼還有人按讚？

是這樣嗎？大家都不在乎，沒有人在乎，沒有人在乎愛麗絲，沒有人真心想了解愛麗絲。

她們愛的僅僅是虛假的外表，那些被拿來消費的商品，沒有人真的愛著愛麗絲。

……只有我。

只有我才了解愛麗絲。

只有我才真正愛著愛麗絲。

第3章 被跟蹤的愛麗絲

「小漩，妳還好吧？」

「小漩，妳沒事吧？」

「小漩，妳是不是不開心？」

一整個早上，每節下課小漩都要被阿和轟炸一次，好像不問他就沒辦法安心坐著，甚至上課的時候，也不時往小漩的座位偷瞄……

「隋和同學，你是有什麼東西掉到地上嗎？」還被老師當場發現。

小漩已經不好意思說自己跟這傢伙同班，更不好意思承認自己認識這個人了。

連中午去化學教室時，阿和在半路就追了上來。

「小漩，妳今天真的可以嗎？」

……呵呵，你知道「重複發問」是老人痴呆的徵兆嗎？

小漩強忍內心中洶湧的吐槽，看了一下周圍，還好這裡的走廊沒什麼人，然後回過頭用力微笑說：

「沒關係，我們去找久彌吧？她說不定早就在等我們了呢。」

然而阿和沒有移動腳步，盯著小漩的臉，焦急地說：

「小漩，如果妳有什麼心事，可以跟我說……如果這會讓妳好過一點的話。」

唉，真不知這傢伙是很體貼的濫好人，還是哄女孩子的想法已經根深柢固，變成強迫症了？

小漩好笑地嘆了口氣，盡力好聲好氣地說：

「唉，謝謝你啦。我很好，真的不需要人哄，把精力留著好好安慰久彌吧。」

說完隨即轉過身，沒有看到阿和伸出的手、錯過的指尖，更沒有見到他被碎髮遮住的雙眼。

「……小漩。」

只聽到身後一聲模糊的低語，小漩一愣。

一直以來，她記憶中阿和的聲音總是爽朗活躍，現在竟然像噎住般低沉沙啞，如同哽咽。

下一刻，就感覺手腕一緊，被溫熱的手掌握住。

在小漩反應過來之前，她已被阿和拉入一旁的空教室。阿和反鎖上門，而小漩背貼著門，阿和的手肘就靠在身旁，整個人被他的雙臂禁錮。

「不是這樣，妳、不一樣……」

太近了。小漩彷彿感受到阿和身上的熱度，從微微擦過額頭的髮梢傳到肌膚，是要燃燒一切的炙熱。

「我知道妳不需要我，可是我……想被妳需要。不要認為我不會懂……多跟我說一點……」

碎髮下阿和的眼神熾熱，有如滾燙暗流的深淵。

「我想知道。」

小漩心中警報大響，正想輕鬆帶過。

「我真的沒有……」

話還沒說完，剩下的言語立即被柔軟的雙唇堵住。

吻，也許只是簡單的一個吻，甚至剛觸碰就瞬即分離。但對小漩來說，恍如嚐到無盡的心酸、忍耐、壓抑、愛戀，和無法出口的痛苦。

阿和並沒有馬上起身，貪戀地靠著小漩的額頭。灼熱的氣息就在小漩眼前，深沉直接，讓她難以呼吸。

她推開阿和，兩人之間一時無話可說。

小漩低著頭，無法直視阿和專注的目光。

「還記得陳琦香的告白信嗎？那時我其實放在抽屜裡，打算放學後丟掉，卻不知道被什麼人搜了出來，貼到公布欄上。我趕到教室的時候，所有人都在圍觀，只有妳把那封信撕下來。」

阿和忽然開口說了這段往事。

「妳對我來說是不一樣的……跟任何人都不一樣。」

他的聲音失去往常的平穩與自信，甚至脆弱地發顫。

「……請不要推開我，不要……不相信我。」

♥ ♠ ♦ ♣

等到了化學教室，兩人都沒有再度交談。小漩無法好好思考，唯有打起精神，專注於眼前的照片上。

「這些就是所有的照片嗎？」

久彌點了點頭，看來昨天發生的事情對她造成很大的打擊，至今都還有些失神。小漩心想，面對著充滿回憶的照片，她心裡也不好受吧？

這些大多是她們一起Cosplay的照片，有單人，也有一群人。小漩越看越頭大，對於像她這種沒接觸Cosplay的人而言，無法不驚嘆修圖軟體跟化妝的偉大，尤其再配上假髮跟服裝，小漩根本沒能認出誰是誰……

小漩揉了揉眉心，接著問久彌：

「這問題可以不回答，不過我想如果釐清的話，會更有幫助，所以我就直說了——妳有沒有得罪過詠音？」

話才剛說完，就聽到照片掉落地上的聲音。

她正想幫久彌撿起照片，耳邊就傳來久彌呆愣的低喃：

「為什麼……為什麼會變成這個樣子？」

一滴滴水漬模糊了照片中兩人的模樣。

小漩抬頭一看，發現久彌哭了。

「明明、曾經那麼開心……為什麼……我不知道，我真的不知道……」

小漩低下頭，望著眼前的照片——笑著、認真或親密的合照——心中一窒。

……詠音是她很重要的朋友吧？

自己剛才的話，潛藏的台詞不就是在懷疑久彌，甚至懷疑她就是曾經在網路上出賣詠音的人之一，所以才會被騷擾犯盯上吧？

想到這裡，她連自嘲的笑容都笑不出來。

她沒有朋友。唯一熟識的人，只有黎遠，而自己……也許根本不了解他。

交朋友什麼的……她一直覺得很麻煩，處處要牽就，反正沒有朋友也不會死。所以……

自己才會不經意地說出這種話吧？

甚至一直對阿和冷言冷語，始終不放在心上……仗著自己不在乎，就可以隨便任性，就可以漠視別人的付出、別人的感受嗎？

真讓人討厭。

小漩緊握手中沾上淚水的照片，隨後又鬆了開來。想伸出手，卻連嘗試都沒有，雙手就退縮地放回腿上。

現在，連安慰人的能力也沒有。

阿和今日也異常沉默，直到此刻小漩都沒有直視他的勇氣。

只見久彌默默擦乾眼淚。

「……對、對不起，我一直麻煩你們，又幫不上忙……」

「……我、也該說對不起。」小漩也跟著說。

她的喉嚨有些乾澀，心頭一片混亂，也不知道該說些什麼，然而一開口後，彷彿就有說下去的力量。

儘管阿和跟久彌從來沒指責自己，可是這樣就能心安理得地依賴別人的包容？繼續自私地漠不關心，不把別人當一回事？

「我們一起努力吧？」雖然有些僵硬，她還是努力說下去：「找出犯人，然後一起回到只要煩惱考試的日常生活吧？」

「嗯。」久彌笑了，縱使聲音還是有些哽咽，卻是小漩第一次見到久彌的笑容。

「好！」小漩也被笑容感染，打起精神說：「那我們就來整理下吧。」

她回憶起每個事件，開始思考。

「到目前為止，這騷擾犯除了寄東西與跟蹤，並沒有真的動手。如果他的目的是要報復或傷害人，那應該在第一時間動手，而不是讓久彌提高警戒心？」

當然不排除心理變態希望久彌陷入恐懼啦，不過時間也拖太久了，小漩在心裡悄悄地想。

「也許騷擾犯的目的不是傷人，而是希望久彌想起詠音，或者說不希望久彌忘記？如果是這樣的話，會這麼做的應該是詠音的瘋狂粉絲或密友吧？對這些人妳有什麼印象嗎？」

「我、我跟詠音以前在Cosplay圈很要好，我應該就是詠音最好的朋友，其他人……我就不清楚了，沒有特別注意。詠音玩Cosplay沒有很久……」

正當久彌回想的時候，有幾張照片引起小漩的注意。

「這些照片妳都有放在網路上嗎？」

久彌回神一看，才驚覺說：「……沒有。」

因為有幾張照片並不是擺好姿勢正面拍攝，更像是趁她們沒注意時從暗處偷拍的。

「這是私拍？看起來像出外景？」

小漩先前也稍微在網路上惡補了一下Cosplay的知識。

「出角色」就是指扮演某個角色；「出團」就是一群Coser一起扮演同作品的不同角色；而「私拍」就是私下跟攝影師約出去拍攝，這樣拍出來的照片往往比較有品質保證，因為可以選地點，拍攝的時間長，攝影師通常也會做後期修圖，Coser對攝影師也會有比較多的認識。

「妳對當時的攝影師還有印象嗎？」

「……這是紅心女王與愛麗絲，我找一下。」久彌趕緊用手機查詢：「……攝影師是阿浩！」

「阿浩？」

看著久彌驚訝的樣子，小漩想不起來之前她有提過這名字。

「……阿、阿浩是詠音被爆料後分手的前男友！」

♥ ♠ ♦ ♣

放學後，小漩三人相約在教室門口見面。

「所以妳有阿浩的手機？」

「嗯，雖然沒有打過，是私拍的時候大家交換的，應、應該不會是假的。」

「所以，阿浩就是騷擾犯？」阿和突然說話。

小漩聽到阿和打破沉默，呼吸一窒，卻強裝若無其事地回應：

「現在還不能確定，貿然打過去也不會有結果……不過，我有個想法。」

隨後小漩正面看向阿和。

「這幾天你們放學回去的時候，有察覺到有人跟蹤嗎？」

阿和沒有回答，反而是久彌遲疑地說：

「……可能因為有阿和在，對方不敢太接近吧？」

「反正也沒有其他方法，我們就賭一把看看吧。」

聽到小漩忽然這樣說，久彌跟阿和都一臉不解。

「明天是周末，大家今天晚上都沒事吧？那我們就一起去逛街吧？」

久彌這才反應過來。

「啊，這、這樣會不會太危險？」

「沒關係的，只要選好地點，應該不會出事。」

看到阿和仍然不解地皺著眉頭，小漩解釋說：

「如果阿浩在跟蹤久彌，那當我們反過來撥打他的手機，他一定會有所反應。就算是震動或關掉電話，被人反追蹤一定會有神情變化。」

阿和越聽越皺眉，最後卻嘆了一口氣。

「好吧，我相信妳，可是要小心。」

「我對市中心不太熟，你們覺得去哪裡好？」小漩點頭後問道。

「去中央地下街吧，那裡人比較多，也有攝影機。」阿和開口說。

聽起來很有道理，好像是最佳方案，不過等他們一行人到了地下街後，小漩才反應過來，這也許是一個最差的選擇，因為……

「我、我可以看一下這件衣服嗎？一件就好。」

「這顏色看起來也很好看耶。」

「啊？這是最新一季的款式嗎？我好像沒有……」

「我一直很想要有一件這樣的……」

「小漩小漩，妳快過來，這一定很適合妳！」

不知道是否因為壓抑太久，還是太久沒逛街，久彌見到一整街的服飾店馬上活了起來。小漩原本心想，難得讓久彌放鬆一下也不錯。不過當久彌興奮地拿著衣服到小漩身上比對時，小漩無奈地用求助的目光望向另一位盟友阿和，然而她沒想到的是……

「嗯……很好看。」

阿和居然認真考慮起來！你們也太放鬆了吧！

「對啊對啊，這真的很好看吧？小漩妳也去試試看嘛，女孩子怎麼可以不打扮呢？小漩妳打扮起來一定也很可愛！」

喂喂喂——騷擾犯的事情呢？我們來這裡不是要確認阿浩有沒有在跟蹤我們嗎？小漩簡直無言了。

在被拉進更衣室前，小漩趕緊低聲說：

「等等……你們都沒看到那個人嗎？」

來到中央地下街前，他們已經商量好對策。雖然久彌手上只有阿浩模糊的照片，那是在會場公開拍攝時，與別的攝影師拍同一個角色而不小心入鏡的，但大致看得出阿浩的體型，儘管最重要的臉部被帽子遮住。

現在到了地下街，他們也不時假裝自拍，用手機確認後方。

阿和突然靠近小漩低聲說：「自然點。」

什麼自然點？你們是太自然了吧！可是看到久彌有些不安的神情，小漩就順從地被拉入更衣室……

「妳看！穿上去真的很合適吧？小漩，不要老是穿著制服嘛，像這種雪紡紗的裙子

多好看，這才像少女嘛。」

久彌邊說，還邊拉了一下小漩本來就很短的裙角。

然後阿和臉紅了……

「買下來吧？小漩，以後我們一起來逛街吧？」

然後阿和默默地轉身，走到櫃台邊……

然後……不可以再有然後！小漩搶在阿和傻傻地掏錢之前，趕緊結帳，然後……這身輕柔少女的服裝就穿在小漩身上了。

「怎麼可以還穿制服！衣服都買了，不穿多可惜。小漩平常要多打扮嘛，現在這樣多可愛，要不要我教妳怎麼化妝啊？」

面對久彌的熱情攻勢，小漩無言以對。

「……其實，平常那樣……也挺好的。」

聽到阿和意義不明的回應，小漩徹底無言了。

搞、搞什麼嘛！久彌也是，阿和也是，怎麼兩個人聯手起來了？

小漩低著頭，想快點離開這惡夢地帶，可是沒走幾步，就感覺到自己的右手被人握住，一瞬間又旋即鬆開，只留下指尖的溫度。隨後耳畔傳來阿和壓低的耳語：

「……別走這麼快。」

兩人幾乎靠在一起，阿和正拿起手機，想用相機觀看後方，小漩恰好頭轉到一半，此刻閃光燈驟然一亮。

阿和看著相片，臉又紅了。

剛好在錯位的情況下，照片貌似小漩親吻著阿和……

「……照到什麼了？我也看看。」

小漩狐疑地盯著阿和奇怪的表情，貼近阿和，正想看看剛才照到了什麼。阿和趕緊切回相機模式，一看手機螢幕，兩人動作同時一頓。

因為，他們都從手機中看到一個行跡鬼祟的男人，最關鍵的是那男人還戴著跟阿浩相似的帽子！

阿和馬上讓小漩去找久彌。

「怎麼了，小漩？」久彌一時沒反應過來，還埋身在衣服堆中。

小漩連忙做了個噤聲的手勢，用手機偷偷往後比，久彌立即意會過來。

小漩佯裝挑著衣服，輕聲問：「是他嗎？」

久彌似乎有些緊張，僅點點頭。

與此同時，男人的手機忽然響了，他慌忙接起，還左右觀望。

兩人趁此機會提著衣服，離開商店。那男人遲疑了一下，隨即也跟上來。

她們一路走出地下街，上了出口的天橋。雖然現在是人潮眾多的傍晚，不過許多人寧可等紅綠燈，也不願意辛苦地爬上天橋。天橋上就只剩下小漩、久彌和那個男人。

即便小漩和久彌都加快了腳步，那男人也加緊腳步飛快追上。他走到兩人身後，猛然伸出手，眼看就快要抓到久彌的肩頭。

等在天橋另一邊樓梯轉角的阿和，立刻衝了過來。男人見到苗頭不對，轉身就跑，卻被阿和俐落地絆倒，擰住手臂，迅速擒下。

「你、你想做什麼？放開我！」男人慌亂地掙扎，帽子也掉了。

阿和直問：「是他嗎？」

久彌有些害怕，環抱著肩膀點頭。

一切都很順利，可是不知道為什麼小漩就是覺得有些不對勁。到底哪裡出了問題？

男人繼續大喊：「可惡，放開我！你們到底想幹什麼？」

因為這句大喊，天橋下的人群紛紛注意起這裡。

他們當初選擇天橋就是因為這裡是公開場合，下方都是車潮人潮，並且出入口有限，再加上還有視線死角可以讓阿和藏身，卻沒料到現在他人的注意反而造成他們的不便。

阿和一手鎖住他，一手掏他口袋，想找出凶器或身分證明，趕緊結束僵持的局面。

此時，不遠處傳來走上天橋階梯的腳步聲。

男人趁著阿和分心之時，慌忙掙脫。而包圍網中久彌身材高挑，唯有小漩最為嬌小，男人一看就朝小漩的方向撞去。

小漩來不及反應，就感覺到一陣大力撞擊，身體失去平衡。原本以為會撞到冰冷的地面，沒想到被拉入溫暖的懷中，接著天旋地轉。

是阿和。

阿和護住摔下樓梯的小漩，一路翻滾，直到撞到轉角的欄杆。

當小漩睜開眼，發現自己正靠著阿和的肩膀，躺在阿和懷裡，被他緊緊抱住。很溫暖、很熱、好燙，好像自己的臉頰快燒起來一樣。

阿和神情緊張，開口就問：

「小漩妳沒事吧？有沒有受傷？嗚……好痛。」

小漩搖搖頭。這時候阿和才意識到小漩壓在自己身上，這角度……他嚥了一下口水，立即閉上眼把小漩推開，想辦法先扶她起來。

「你們沒事吧？」階梯上方傳來久彌的聲音。

「沒事、沒事。」小漩察覺兩人姿勢尷尬，連忙起身說。

阿和也有些不好意思，側著臉低語：「……只是讓他跑了。」

雖然確認了跟蹤者就是阿浩，可如今他跑掉了，他們手上也沒有證據，無法報警，更不知道經過這次，阿浩會不會做出什麼更偏激的舉動。

久彌朝兩人走近，神情有些徬徨失措，手上拿著一支手機。

一支手機？

久彌躊躇地說：「這、這是他掉的。」

是阿浩的手機。

阿和剛扶著欄杆起身，還揉著後腦，見到久彌拿著手機不知道該怎麼辦，就望向小漩，得到小漩肯定的目光後說：

「交給小漩吧？我相信小漩一定會想到辦法的。」

久彌看起來光是想起阿浩就十分害怕，而阿和向來動作比腦筋快，他們三人當中好像就剩下小漩適合做耗腦的苦力活。

小漩接過手機，無奈地攤手。

「唉，好吧。你們知道嗎？當你們對一個業餘非偵探的普通女高中生抱以期待，就是錯誤的開始。可別以為我能成為人形Google，或是超越ＣＩＡ、ＭＩ６啊。」

阿和一聽，想也沒想就說：

「不會不會，小漩很好。只要是小漩的話，怎樣都好……」

說著他臉又別了開來。

什麼叫做「小漩很好」啊？她無言以對。

「噗。」久彌當即笑出聲來，緊繃的心情豁然放鬆：「你們兩個總算恢復自然了，今天一直怪怪的。」

呃，原來我已經到了不毒舌不行的處境嗎？是我表現得太明顯，還是妳跟阿和一樣，都有隱藏的Ｍ屬性？小漩再次陷入無奈。

不過她尚未開口，就聽到「咕嚕」一聲。

她絕對不會承認這是自己發出來的……

三人面面相覷，隨後阿和不好意思地開口說：「我餓了，你們呢？」

久彌也說：「我也是，可能一放鬆就餓了吧？我知道哪裡有好吃的喔！太久沒吃好

料的，好懷念。一起去吧？」

最後他們去了一間在學生中人氣很高的餐廳。

餐點很好吃，裝潢也很棒，小漩卻沒什麼胃口，因為……

「怎麼樣啊？小漩下次要不要試試看短百褶，很可愛喔！阿和覺得如何啊？」

「難得第一次一起吃飯，不照張相怎麼行呢？阿和坐過去點，快點啦，這麼遠我怎麼幫你們拍合照！」

「咦，這個味道很好吃耶，早知道我就跟小漩點一樣的了。阿和要不要也吃吃看啊？」

縱使阿和與小漩沒再透露什麼，久彌仍然一直光明正大地打趣他們。吃完飯，他們交換了手機號碼，相約明天再見後，久彌壞笑地說：

「今天我一個人也沒問題，就把阿和空出來還給小漩啦。」

確實阿浩才剛倉皇而逃，照之前騷擾犯謹慎的作風，應該不會在今晚再度行動。但是小漩怎麼想都覺得……這句話的重點很有問題！

「……等等，什麼叫還給我，阿和跟我……」

不是那種關係。小漩後半句還沒說出口，眼前瞬間閃過中午阿和深沉的眼神，還有脆弱顫抖的聲音。

——請不要推開我。

說到一半的話立刻頓住了，她下意識往阿和看去。原本不好意思而別過頭的阿和，如今低頭苦笑，他似乎察覺到小漩的目光，扯了一下嘴角說：

「今天大家都累了，我們就……」

「一起走吧。」一見到阿和沒反應過來，小漩再度說：「一起走吧？反正明天放假，也不趕時間對吧。」

小漩與阿和先送久彌到家，最後剩下兩個人。

今天，是她第一次跟別人交換手機號碼，第一次跟別人逛街，第一次跟別人在外面吃飯……雖然過程有點奇怪，原因有點麻煩，可是……也不討厭。

他們沒有交談，眼神也沒有交會，只是隔著距離並行走著。小漩聽著阿和沉穩的腳步聲，想起平時阿和總是行動很快，走路也特別快，如今卻像配合著自己，一步跟著一步慢慢走。

然而小漩越接近住處，越不自禁地握緊手機。這一晚，她也沒有按時回去，手機依舊沒有任何訊息。

♥
♠
♦
♣

走到了家門口，小漩突兀地開口說：

「其實我，這幾天……」

小漩聲音越說越低，越來越含糊，阿和根本沒聽清楚。

「什麼？」

「謝謝你。」

小漩頓了一下，繼續說：

「剛剛在天橋上，很謝謝你。」

阿和過了一會才反應過來。

「啊，沒什麼，應該的。」

他又搔了搔頭，難為情地說：

「……我們至少還可以做朋友吧？」

「……什麼至少還可以，不是已經是了嗎？還是你想說之前都是我一廂情願？」

阿和聽到笑了一下。

「嗯……也是。那，明天見。」

小漩目視著阿和離開，握緊口袋中的手機，轉身進入屋內。屋內一片漆黑，因為沒自己開過幾次燈，小漩摸索了一下才找到開關。

她走到客廳、廚房都沒看見什麼紙條，之後打開冰箱，裡面一樣冰著分裝好的早午晚餐。不過想起今天已經在外面吃過了，小漩就把晚餐的那盒拿出來，準備倒掉，一剛拿出來，就停下了動作。

是溫的。這飯盒還是溫的，表示還沒冰進去多久。

下一刻，手中的飯盒落到一旁的餐桌上。

她突然想衝進黎遠的房間，或是衝到門外，確認有沒有人。

可是才一轉身，就冷靜下來。

一整天她都不願多想，到底神祕的簡訊、黎遠與久彌遇上的騷擾犯事件有什麼關聯，而且她也不曾告訴久彌，或向阿和透露，就像剛才在門口前……

最後，她什麼也沒說出口。

因為這一切還牽扯上寒川口中的組織、黎遠，還有……哥哥……

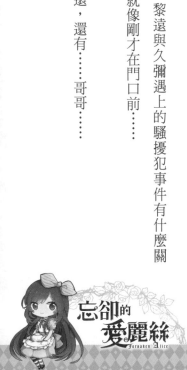

嗚，好暈，腦袋甚至隱隱脹痛。為什麼？明明都是很久以前的事了，自己也好久不再想起，都應該過去了……

她扶著餐桌，跌坐到椅子上。

屋內一片寂靜，手機也沒有絲毫動靜。

好冷。她緊緊握住口袋中的手機，取出並打開空白簡訊，手指卻在碰到觸碰鍵盤前停了下來。

她趴在桌上，將臉深深的埋在雙臂之中。

怎麼辦？桌上的飯盒不用打開也知道，一定都是自己喜歡吃的……可是，她真的不知道該怎麼辦。

「……黎遠……」

她輕輕唸著這熟悉又陌生的名字，含糊到連自己也聽不明白。

有好多好多事想說，有好多好多話想問……也好想、好想見他。

不久她起身將飯盒冰回冰箱。

望著精心準備的菜色，彷彿可以看見黎遠忙碌的身影，她倒不掉。

想相信。就算一個人再怎麼不安、害怕，她還是……好想相信他。

小漩想了一想，拿起手機，寫了一封簡訊草稿：

【謝謝你，想等你回來。】

♥ ♠ ♦ ♣

在小漩看不到的窗戶外，距離不遠的街道上，一輛黑色的轎車正高速奔馳。

前座一名身穿黑色西裝的駕駛神情肅穆，一加速，就飛快超過了另一輛還未起步的貨車。

他看似十分專注，一道冷汗卻早已從額間流下，暴露心中的忐忑。

他們已經錯過了一個會議，再六分鐘，又要遲到第二個。

像他這種接觸過機密的職位，上頭倒了，他的下場可不只是解雇而已，更可能會帶著祕密一起被埋葬。他一想到接下來要面對的質詢，便心神一緊，忍不住瞄了後視鏡一眼。

後座散亂地放著封存的機密檔案，還有正閃爍訊息的筆記型電腦，而正靠在窗邊的青年不顧周圍的一切，單單注視著手機。

嘴角還露出微笑。

那笑容不是他常見的諷刺笑意，彷彿渾身冰冷的氣息都柔和下來，甚至帶著他無法理解的感嘆與苦澀。

他不敢詢問，不管是青年為何非要等到現在才走，還是手機中到底有什麼笑得出來的好消息。

戰戰兢兢地總算到了目的地，一下車，駕駛還來不及為後座開門，一柄步槍就抵上他的背後。

不，槍不只一柄。

一個小隊的武裝人員已經團團圍住轎車。

他雖然緊張，卻不訝異，順從地舉起雙手靠在車門上。因為這裡並不是召開緊急會議的總部，而是組織內不同派系，被排除在會議之外的元老家前。

下一刻，包圍網倏然如潮水分開，空出一條道路。

「搞什麼，這麼大動靜，撤了撤了。」

一位年屆不惑的男子站在道路盡頭，不耐地揮揮手。

「不過是一個毛頭小子，這麼大陣仗，讓人看了笑話。」

武裝人員迅速收起槍械，列隊到男子身後。
男子走到窗邊笑說：
「就算是不請自來，我們也要待之以禮。」
說時遲，那時快，根本沒人看清楚男子的動作，他就已經掏出手槍。
隨即，一槍射穿後座玻璃。
槍管穿過裂縫，對準後座的黎遠。
「如果沒有個能讓我滿意的解釋，這顆子彈就送你了。」
這時，黎遠總算放下手機。
他望向男子，臉上早已斂去所有的痕跡，嘴角彎起好看的弧度，露出銳利的笑容。
「當然。」

♥ ♠ ♦ ♣

【嗯。】
小漩接到黎遠回覆的簡訊時，她正在翻看阿浩的記憶卡。她看到簡單的一個「嗯」

字，停下來琢磨了半晌，又覺得自己挺傻，就不再多想。

她在拿到阿浩的手機時，就拆掉了電池，避免對方用遺失手機功能反追蹤。到現在也沒有啟動手機，單獨讀取記憶卡。像阿浩這種有眾多網友、聯絡人的人，往往都會把電話簿備分，又因為阿浩是攝影師，常常去郊區外拍，不可能僅僅依靠網路備分，而會將資料存在記憶卡中。

阿浩的記憶卡中有非常多聯絡人，卻找不到「詠音」的名字，也許是用現實的名字或其他暱稱。小漩也沒查到家中電話，於是隨便挑了一個現實名字的號碼，佯裝撿到遺失手機，輕易就得到阿浩的家裡電話。

「喂？請問阿浩在家嗎？」

不知為何，小漩總覺得今天發生的事情不太對勁，有種奇妙的怪異感，便直接使用網路電話打到阿浩家。

『找阿浩嗎？等一下。』

似乎是阿浩的家人接起，小漩還可以聽到對方喊著：

『阿浩，阿浩？有女孩子找你，快來接電話。』

果然很不對勁。

如果阿浩真的是騷擾犯，應該會花上很多時間跟蹤久彌，計畫這些事情。甚至他已經藉由騷擾讓另一個女孩子網路蒸發，跟家人住在一起，應該會引起懷疑，更不可能跟家人關係這麼親密。

『喂？誰啊？』

從阿浩的聲音中，只聽得出消沉與懶散，一點也沒有作為犯人擔心被抓的焦慮。

「……你並沒有騷擾久彌，對吧？」

阿浩沒有回答，急躁地反問：

『妳是誰？照片是妳寄的嗎？妳到底想做什麼？』

照片？小漩壓下心中的疑問。

「我並沒有寄給你任何照片。我是今天在中央地下街被你跟蹤的人之一，你的手機正在我這裡。」

阿浩好似有些混亂，遲疑了一會才說：

『……我沒有要跟蹤你們。可惡，到底是誰在搞鬼？』

「……你有什麼方法可以證明你不是刻意跟蹤我們？」

『我……啊，到底是怎麼回事，該死！我收到一封奇怪的信，上面有你們的照片，

所以我才會懷疑……妳打開我的手機看吧，都在我的信箱裡。』

「我怎麼知道你要我打開手機，不是為了用GPS找到我的位置？」

『那妳要我怎麼證明？我要怎麼說？』

小漩思考了一下，然後說：

「……我願意試著相信你，但不是用這方法。明天下午有沒有空？」

『是有，怎麼？』

「我們也收到了騷擾信，不過不可能這樣就相信你。如果我們真的被同樣的犯人騷擾，我們可以交換資訊。明天下午我同樣打這支電話聯絡你，跟你確定時間地點，你如果有心，就帶齊證據過來交換。」

『……好。』

小漩結束了通話，心裡沒有比較輕鬆，反而浮現更多疑雲。

若阿浩不是騷擾犯……那到底誰是騷擾犯？為什麼要這麼做？

她開始擔心起阿和與久彌，阿和也許還好，久彌也被他們好好送到了家，然而小漩心中沒來由地總是陣陣不安。儘管小漩有兩人的電話，想想又覺得是自己多心，所以作罷沒打。

當她正準備放下手機時，手機驟然一震。她再次收到號碼不明的奇怪簡訊，這次上面顯示著一句話：

【忘了嗎？一切都是因為妳。】

幕間3

～踐踏的愛～

【嗯，我看到妳的留言了^_^】

【真不好意思，大大的服裝做得真的很棒，人也很可愛，只是……愛麗絲應該是怕生害羞的小女孩吧？應該不會做出這麼調皮的表情？】

【對啊，也是呢，妳說得好，看來是真的很喜歡愛麗絲，對愛麗絲很有研究喔！】

【謝謝大大，我只是滿喜歡愛麗絲的。】

【那下次要不要跟我們一起出團？給妳出愛麗絲。】

【真的嗎？大大的團一直都很有品質保證。謝謝大大！我會努力的！】

♥ ♠ ♦ ♣

「奇怪了，她怎麼會出愛麗絲？她不是出海龜子嗎？怎麼臨時變了。」

「這樣就有兩個愛麗絲了耶。」

「真是的，沒有辦法出愛麗絲就不配合了嗎？好幼稚。」

「難得大家好好出一個團，都被這種自私的人破壞了，真討厭。」

「平常是誰在網路上說得多了解愛麗絲一樣，好像我們都是傻子，只有她懂，只有她最像愛麗絲啊。」

「呵呵，看來是Cosplay到走火入魔了吧？把自己當成什麼了。」

「她那長相哪能出愛麗絲啊，給她出假海龜就不錯了。」

「看看那製衣，還有那道具，分明就是沒什麼能力又想出人氣角色吧？」

「平時說得跟真的一樣，到頭來我看不過就是嘴砲，誰不會啊。」

♥ ♠ ♦ ♣

害羞的愛麗絲抱著交友的心，鼓起勇氣跟網友見面，卻被殘忍的殺害。

除了網路上流傳拿來娛樂的影片，沒有人想起真正的她，也沒有人找到她的屍體。

只剩下一個人，孤零零的，被拋棄在荒山野嶺，連屍體都被遺忘。

隔日，小漩三人如期碰面，到了久彌再三推薦的飲品店，儘管她大力推薦的不是飲料，而是甜點，但至少有冷氣、有座位。

小漩沒有隱瞞，直接坦承昨晚跟阿浩聯絡的經過。

聽完，阿和驚訝地說：「妳昨天直接打給阿浩？」

小漩喝了一口奶茶才回答：

「我覺得事情滿可疑的，所以就直接打給他，沒想到得到了一些有用的訊息——阿浩應該不是騷擾犯。」

看著久彌與阿和迷惘的神情，小漩嘆了一口氣。

「一時之間也說不清楚。我約了阿浩下午談，讓他整理一下自己遇到的事情，等等見面交換資訊。」

「小漩，妳一個人我會擔心。」阿和有些猶豫地說。

我有說我要一個人去嗎？還有說話可以不要這麼曖昧好嗎？小漩心想。

「所以才來問你們囉，要一起去嗎？」小漩接著道。

阿和不用說，看起來就算小漩沒問也會跟著過去，久彌卻十分不安。

「我、我……」

可能還對這幾天發生的事心有餘悸吧？小漩便說：

「不用勉強。約在公開場合，我跟阿和去就可以，有什麼事再電話聯絡妳。」

久彌握緊手機，點點頭。

之後三人討論了一下，決定約在市區的公園，既是公開場合又有攝影機，旁邊就是人來人往的大道，最重要的是沒有時間限制……也不會有不斷催促你買單的服務生。

久彌乘上回家的計程車之前，還擔心地提醒：

「那我先回去了。你們要小心，平安結束了馬上打給我。如果一整天都沒接到你們的消息……我就去報警。」

小漩扶額，心想，別這麼認真吧？聽起來覺得有死亡Flag既視感的自己是不是病了？不過她還是心裡一暖，沒想到久彌甚至願意為了他們報警，暴露自己隱瞞已久的祕密。

「不用擔心啦，有阿和在，一切都會沒事的。」小漩笑著說。

小漩與阿和向久彌道別後，約了阿浩，走在前往公園的路上。

道路上一如往常，流動的人、流動的聲音，不變的唯有行人對彼此漠不關心。

沒有人認識自己，自己也不認識其他人。就算是錯身而過，也許對別人的服裝、長相評比個兩句，下一秒又轉身忘記。每一個人都只是別人眼中的背景，而不起眼的自己也一下就被淹沒在人群之中。

然而還是有一點點不同。

她轉過身來就見到阿和，身後則是不曾為小漩停下腳步的人群。阿和先是笑了一下，隨後像被小漩盯得不好意思似的，手足無措地別開臉。

小漩心想，她嚮往的也許就是這樣吧。

在龐大又無力改變的世界中，發現一點點變化——因自己改變而跟著轉變的變化。

嗯！現在的自己跟之前不一樣，不再是一個人了。只要勇於面對的話，相信過不久，一切都會沒事的。不管是久彌的事，還是……黎遠的事。

他們穿越人群、十字路口、大街小巷到了公園，而阿浩已經在那裡等待。

見到昨晚擒住自己的阿和，阿浩還是有點防備。

「……可以先把手機還我嗎？」

「那我們來交換吧？先解釋一下昨天的狀況，為什麼要跟蹤我們？」小漩反問。

「我並沒有……搞什麼！是我先收到奇怪的信跟照片，之後又叫我去中央地下街，還給我你們的照片，我才跟上你們想弄清楚到底是怎麼回事。」

「信跟照片？」

是什麼樣奇怪的信跟照片，會讓阿浩想跑出去找人？

「對，都在妳手上的手機裡，打開看就知道我沒騙人了。該死……我才想知道是怎麼回事？為什麼昨天一碰面就抓住我？還有昨天究竟是誰打的電話？」

小漩沒有回答，而是先開啟阿浩的手機查看。確實如阿浩所言，小漩找到了附上他們照片的信件，上面只寫著：【到中央地下街】，更找到了阿浩所說的騷擾信。

「這是你跟……詠音的照片？」

這不是一般的正面合照，跟久彌收到的騷擾照片一樣，是從暗處偷拍，可僅僅這樣並不足以讓阿浩如此在意。

真正引他出來找人的原因是——這是兩人的親密照。

「……看完了嗎？可以相信我了吧。」

阿浩被陌生人當面暴露自己的隱私，整個人煩躁不安。他別過頭，接住小漩遞過去的手機，就迅速收回口袋裡。

「你們呢？昨天又為什麼抓住我？老實說你們是事先設計好的吧，也是你們打電話給我的？」

確實，如果一個人突然收到往生女友與自己的偷拍照，趕赴指定地點後，又收到不明來電，追上去想問清楚時，竟然被人從隱蔽處襲擊，任何人都會覺得是圈套吧？

小漩雖然搞清楚昨天的狀況了，卻又不知什麼緣故，心中的異樣感再度浮現。到底是哪裡不對勁？騷擾犯究竟是誰？為什麼要這麼做？

小漩瞄了阿和一眼，見他也十分迷惑，於是回答說：

「我們的朋友也收到騷擾信，並且也收到了一盒與詠音的合照，還有一通模仿愛麗絲聲音的電話……」

阿浩一聽到「愛麗絲」三個字，就忽然打斷說：

「可惡！又是愛麗絲。」

隨即委靡不振地跌坐到一旁的長椅上，摀住頭部低喃：

「為什麼？為什麼都要扯上愛麗絲？如果……如果沒有愛麗絲就好了。」

即便有些模糊不清，小漩還是聽到了，阿浩話語中深深的悔恨。
一旁的阿和看不下去，開口勸說：
「也許我沒立場這麼說，可是詠音已經去世了，我們還是要……」
阿和的話尚未說完，就被阿浩的質疑中斷了。
「你、你在說什麼？」
「希望你振作點，你這樣不僅家人會擔心，而且過世的詠音……」阿和皺起眉。
「等等，你說誰死了？」
阿和與小漩聽到這句話後相顧失色。
阿浩疑惑地說：「……詠音她還活著啊。」
此刻阿浩的手機響了。因為距離不遠，小漩與阿和能聽到模糊的聲音。
『……浩，你昨晚……傳簡訊找我……為什麼……電話打不通……』
阿浩驚惶地大喊：「妳在哪裡？喂？喂！」
電話驟然斷了，手機只傳來通話結束的嘟嘟聲。
阿浩拿著被掛斷的手機，面無血色地望向兩人。
「……有人冒用我的名字，傳簡訊給詠音，把她約出來了。」

幕間4 ～遺棄的愛～

【……我會喜歡愛麗絲倒不是因為角色很可愛。】

【那是什麼原因呢？想知道！】

【該怎麼說，是因為愛麗絲不是那麼美好，有缺點吧？】

【咦？怎麼說？】

【愛麗絲是一個很害羞，甚至有點自卑的孩子？總覺得跟自己有點相似……】

【我倒是覺得愛麗絲很了不起喔！因為她明明知道自己有缺點，卻還是面對恐懼，跨出交朋友的第一步，這很棒呢！雖然結果沒有很好啦：P】

【……就算最後那些人根本不是朋友，也沒關係嗎？】

【當然啊！世界上不可能都是好人吧？一定會有被騙、被傷害的時候。可是只要有跨出去的勇氣，總有一天會遇到真正的朋友！】

【嗯嗯，我也會努力的……那我們也可以做朋友嗎？】

【當然啊！以後一起出愛麗絲吧！】

我會努力的。想跟妳做朋友，也想像愛麗絲一樣被妳肯定，更想像妳一樣開朗有自信。

就算不會化妝、不會製衣、不會修圖，對Cosplay什麼都不懂，我也可以慢慢學；不管其他人怎麼說、怎麼看、怎麼笑我，都無所謂。

請給我機會讓我好好努力。

請不要拋棄我，請不要一聲不響就離開。

請不要忘了我。

阿浩不斷撥打詠音的手機，然而只聽到『您所撥的號碼沒有回應，請稍後再撥』。

「混帳！這到底是怎麼回事？」阿浩氣惱地用手捶身下的座椅：「……為什麼會有人冒用我的名字？為什麼會有詠音的號碼？」

小漩彷彿抓到了關鍵字，問說：

「等等，最後一句，號碼什麼的是什麼意思？」

「詠音她刪除了所有聯絡方式，連同網路上的資料，甚至轉學了，就是希望沒有人知道她是詠音。現在會叫她詠音的，應該只有我一個人，怎麼還會有人傳簡訊給她？」

阿浩忽然想起了什麼，想要抓住小漩，卻被阿和擋下。

「對了，昨晚手機在你們那裡，是你們做的？你們找詠音做什麼？小心我報警！」

「等等，我並沒有在你的電話簿中找到詠音的名字，也不知道詠音其他的稱呼，我怎麼可能……」

小漩說到一半，腦中瞬間連起所有的怪異之處。

——知道詠音真實名字或其他暱稱的人。

——詠音並沒有自殺，真正因為騷擾而消失的Coser是詠音。

——「我應該就是詠音最好的朋友，其他人……我就不清楚了，沒有特別注意。」

久彌從未說出其他合影的Coser名字。

——久彌不好意思讓家人知道自己玩Cosplay還惹上麻煩，所以不敢報警。

——「這、這是他掉的。」久彌在天橋上撿到了阿浩的手機……

阿和看著小漩露出恍惚的神情，攔住一旁頹喪的阿浩，說：「我們趕快報警吧？」

「不，可能來不及了。」小漩的聲音有些不穩：「但是我知道該怎麼做了。」

她沉靜下來，隨後打開自己手機的聯絡人，撥打昨晚剛輸入的電話號碼。不知道是否過於生疏，小漩的手指微微地顫抖。

接通後，她第一句話就問：「妳在哪裡？」

對方沉默了一會，才笑著說：『小漩，我們是朋友嗎？』

「因為是朋友，所以我想見妳。」

『……到公館大學的教學大樓吧，我等妳。』

公館大學時常舉辦同人展，也是Coser認識彼此、互相交流的地方，如今對方約在那個地點，看來已經不打算再隱瞞任何事。

因為會費盡苦心假稱詠音已死，設計騷擾犯事件，目的是約詠音出來的只有一人。

——騷擾犯就是久彌。

坐在趕往公館大學的計程車上，小漩緊緊握住手機，不知不覺間手指陣陣發麻。

一個溫暖的手掌突然覆在小漩的手上，耳邊傳來阿和的聲音。

「……不要這樣。」

小漩抬頭，恍然發現阿和似乎正強忍著內心的難過，一愣之間鬆開了雙手，被阿和反手握住。

「……不要一個人難過，別這樣對待自己……」

阿和說著低下頭。小漩感覺到阿和的手掌十分溫暖，輕輕地握著她。

小漩這時才想起，現在擔心的人不僅僅是自己，還有坐在前座焦急的阿浩，還有同樣是久彌朋友的阿和，自己可不能先垮了。

「我沒事，謝謝你。」

回應小漩的是阿和意味不明的苦笑。

等待的時間總是特別難熬，實際上沒多久就到達目的地。他們下了車就飛快往教學大樓趕去。

一定要來得及，一定要趕上。小漩邊跑邊暗自祈禱。

雖然假日的課程很少，但仍有不少學生活動，因此大學的大樓多半沒有鎖上，而是半開放給學生使用，教學大樓正是其中之一。

「沒有，沒有、沒有沒有！該死，她們到底在哪裡？」

阿浩一邊推開教室大門，一邊急躁地大喊。

教學大樓六層樓的教室都找過了，沒有看到半個人影。

小漩喘了一口氣，她知道他們還有一個地方沒有找過。

「去頂樓。」她說。

推開安全門，到了樓頂，那裡沒有久彌也沒有詠音，空無一人。此時小漩的手機響了，來電顯示是久彌。

『小漩，謝謝妳趕來。』

久彌彷彿開著擴音，從手機傳來陣陣風聲。小漩一遠望，就看到久彌和詠音正在旁邊大樓的樓頂上。

久彌身穿華麗的哥德蘿莉塔洋裝，就像影片中被斬首的愛麗絲，繁華綻放卻即將轉瞬凋零。她一手拿著手機，一手握著折疊小刀，在她身前是軟倒在地上的詠音。

小漩緊張地握緊手機，與阿和快速交換了一下眼神，隨後急促地說：

「換我問妳了，我們是朋友嗎？難道妳之前說的都是謊話？所有的笑容都是假的？如果有那麼一點點，只要有一點點的真心，就請讓我把事情弄明白。」

此刻，她最需要的就是時間。

久彌沒有回答，小漩僅從手機中聽到詠音模糊的哭泣聲。

『……我沒有……為什麼……我不是……這個意思……不能忘了嗎？我只是想……也不能嗎？』

小漩趕緊接著說：

「手機！妳說妳沒打過阿浩的手機號碼是騙人的！一般人收到『自殺的』詠音照片，馬上就會聯想起詠音的『前』男友吧，可是妳不曾主動提起。而且在天橋上妳也不曾開口質問阿浩，就是怕阿浩認出妳的聲音吧？妳不怕阿浩認出妳，是因為妳先前都畫著Cosplay的妝！

妳找過阿浩，可是他不肯透露詠音的聯絡方式。因此妳想拿到阿浩的手機，並引開阿浩，創造跟詠音單獨見面的機會，所以虛構了騷擾犯，讓我們幫忙妳。妳混入的偷拍照片是妳照的，由於都是背影和側影，根本分不出詠音旁邊的Coser是不是妳。妳主動提出妳有阿浩的手機號碼，就是想引導我提出反追蹤的計畫，如果我沒想到，妳也會主動說吧。

最後妳沒有跟我們一起去見阿浩，只說結束時聯絡妳，是因為妳已經從阿浩的手機中得到詠音的聯絡方式，把詠音約了出來。

妳說另一個收到騷擾信消失的Coser不是別人，正是詠音；而妳說詠音自殺，其實她只是消失。妳不擔心我會查到什麼，反正網路上的流言總是穿鑿附會，妳早就加油添醋過，有自信圓得回來。」

小漩一口氣說完後，聲音忽然軟弱了下來。

「不過，為什麼？我還是不明白……」

『……也許時間久一點，小漩也會忘掉我吧？可是我忘不掉。』

手機中久彌的聲音有些遙遠，宛若飄忽不定的燭火，隨時會在風中熄滅。

『……詠音，妳擅自給了我希望和勇氣，又擅自棄我而去。』

遠在另一棟大樓的小漩僅能坐視久彌逐漸往詠音走近，手機傳來詠音混雜著啜泣的

聲音。

『……對、對不起、對不起！我受不了了，我受不了一直被攻擊批評……我、我只是想要重新開始生活，不是故意的，不是想忘記妳……』

『我不想像愛麗絲一樣，一個人孤零零地被人遺忘……』

看到遠處的久彌舉起手中的折疊刀，小漩連忙大喊：

「不要！」

另一邊大樓屋頂的門被撞開，阿和與阿浩立即衝上去，然而已經來不及了，因為久彌的目的不是要傷害詠音。

而是讓詠音永遠記住自己。

久彌笑著，反手將折疊刀刺入自己的喉嚨。

詠音驚愕的臉龐一片蒼白，鮮血濺灑在她的臉上。

但那不是久彌的血。

阿和在最後一刻握住了刀刃，折疊刀僅僅劃傷久彌的皮膚。

「住手吧。」阿和邊說，鮮血邊沿著手臂滴到地面。「妳不允許詠音拋棄妳，我也不容許妳拋棄小漩。」

他撿起久彌丟棄的手機，放到久彌耳邊。通話並未結束，也沒有傳來說話聲，僅剩下在樓梯間飛奔喘氣的聲音。

小漩根本來不及說話，正為了她不停奔跑著。

在世界的另一側，一個小角落，還是有人在乎她，為她努力。

「……這樣妳還不滿足嗎？」

眼淚從久彌的眼角滑了下來，折疊刀失去握力掉到地上，被阿和踢到一旁。

不遠處阿浩緊緊抱住了詠音，不斷安慰她說：

「一切都會沒事的，一切都會沒事的。」

小漩趕到時，只見阿和背對著門，手上的傷口不斷滴血，而久彌正跪在阿和身前。

小漩立刻跑到久彌身旁，看見久彌的頸部只有一條淺淺的傷痕，才放下擔憂。隨後她轉過身，生氣地瞪著阿和，反讓阿和一愣。

「真是的，還不快把手伸過來，是想讓人擔心嗎？已經有一個久彌要操心了，你可不要有樣學樣。」

小漩邊說，邊打開包包翻找能止血的東西。

「別期望我像什麼小說漫畫女主角會撕衣服包紮啊，衣服可不是這麼好撕的。不知道衛生紙行不行？能壓住傷口就好了吧？」

阿和聽著小漩的抱怨，淡淡地笑了。

他用沒有受傷的手摸摸小漩的頭說：

「放心，我沒事，只是看起來嚇人而已。」

與此同時，阿浩扶起了詠音，瞥見仍然跪坐在地上的久彌，驀然心中一火，準備破口大罵，卻被詠音拉走。

詠音微弱地說：「夠了，別再說了。」

她看了久彌一眼，沒有說話，如同所有的話語都在這最後一眼中抹滅。

「我們走吧，還有明天要過。」

直到詠音踏往下樓的階梯，久彌才恍惚地說：

「……為什麼？我不懂……」

然而詠音沒有回答，也沒有停下腳步，僅僅倚著阿浩離去。

小漩很不專業地幫阿和包紮好傷口，而折疊刀也被阿和撿去，僅剩久彌一動也不動地跪著。小漩走到久彌身前，沉聲說：

「妳是不是覺得像我這樣的人一定不懂妳，知道真相也只會嘲笑妳，不然就是說一堆沒幫助又讓妳噁心的說教，對吧？

是不是還想著，反正活著都這麼痛苦了，如果死能夠報復詠音，能夠在詠音心底留下無法被遺忘的記憶，該有多好？

因為妳認為我們不懂妳，所以自私地欺騙我們，利用我們也沒關係，是嗎？

妳是這樣的人嗎？」

小漩抓住久彌的肩膀，讓她看著自己。

「妳這樣欺騙我、利用我，不相信我、不告訴我、不在乎我……」

她聲音越說越低，甚至帶著哽咽的鼻音。

「難道我就不會受傷嗎？」

久彌的肩膀一顫，呆滯的雙眼往下閃躲退縮。

小漩不讓久彌逃避，緊緊抓著她接著說下去：

「死掉了就不會一個人？就不會被遺忘？別傻了！

別人能夠忘掉妳，也能忘掉妳的過去啊。現在走了，妳就永遠都是被人嘲笑的怪胎，妳甘心嗎？不是更該好好的活下去，讓所有嘲笑妳、離開妳的人後悔嗎？

……我不甘心，我不相信我認識的久彌只是這樣的大笨蛋！什麼忘掉妳，不要這麼自私，這麼自以為是地給人下定論，這樣不在乎我、不相信我，我……哪有可能這麼容易說忘就忘……」

說著說著，酸澀的淚水就溢出模糊的眼眶，落了下來。

「……不是說好，還要一起逛街的嗎？妳、妳怎麼可以、這樣不守信用？」

淚水滴到沾滿塵土的哥德蘿莉塔洋裝上，轉眼滲入裙襬的蕾絲，微不可見。

久彌終於抬起頭直視小漩，疲憊地說：

「……對不起。」

小漩擦掉了眼淚，佯裝生氣地笑著說：

「真是的，什麼都不跟我說，看來只有我一廂情願地認為我們是朋友啊。」

小漩邊拉起久彌，邊用眼神示意阿和來幫忙。而阿和差點被小漩的表情惹笑，也過來扶住久彌。

不過不等他們幫忙，久彌就自己站了起來。

剎那之間，小漩望著面色蒼白，沾上血跡，穿著哥德蘿莉塔洋裝的少女，恍如看到的不是久彌，而是愛麗絲——三年前被斬首，連名字都被遺忘，僅活在網路上與幻想中的愛麗絲。

可是久彌笑了。她不是愛麗絲，她找到了朋友，她活了下來。

久彌垂頭整理衣襬後，突兀地向小漩與阿和正式鞠躬。

「謝謝。」

儘管久彌勉強的笑容中有尷尬、有狼狽、有疲倦，而且笑得真的很難看，她還是努力笑著，就如她堅持自己站起身一樣。

「嗯，下週一還要一起吃午飯喔，我等妳。」小漩也回報真心的微笑。

儘管一切的起頭是個謊言，然而一起度過的時光是真的，付出的心意也是真的。

久彌在離去前，深深地凝視兩人，然後說：

「真讓人忌妒，但還是想說，祝你們幸福。」

小漩瞬間紅了臉。

當這一切結束之後，小漩背對著夕陽，走在回家的路上。

「所以說這起事件就是——久彌跟詠音在網路上認識成為好友，兩人卻因為對愛麗絲的熱愛遭受排擠，之後詠音受不了網路上的流言蜚語，決然斷網，甚至拋棄所有聯繫，最後只剩下久彌一個人在網路上被人嘲笑，一直等不到詠音。」

小漩邊踏著自己狹長的影子，邊整理整個事件的因果關係。

「久彌想要聯絡詠音，結果被阿浩拒絕，所以才設計這個事件，想藉由我們的幫助，讓拋棄自己的詠音永遠忘不掉自己……」

不過是網路上發生的事，沒想到竟然入侵到現實，就連現實中的人也無法逃脫。

小漩說完，心想，唉，網路世界真複雜，還是像我這種沒有牽絆的人最輕鬆……啊，現在也有兩個朋友了。

她瞧了身旁的阿和一眼，阿和手上的傷口已經止血。阿和察覺小漩的目光，也沒有言語，單單對小漩報以微笑。

今日似乎濕氣較重，阿和身後的夕陽，不再是溫暖的澄黃，而是鮮豔凝重的赤紅，映在阿和的側臉上，讓他的輪廓模糊，臉上逆光的陰影更晦暗不明。

小漩真不知道阿和這種老好人的性格是怎樣養成的。他明明在學校很受歡迎，對每個人都很友好，也沒有特別親近的朋友，卻對不諳人情世故的自己十分照顧，甚至遇到久彌這種麻煩事也奮不顧身地幫忙。

一般人的話，早就被騷擾信嚇跑，認為事不關己，避而遠之吧？

「謝謝你。」小漩忽然認真地說。

見阿和一臉疑惑，小漩難得正經地繼續說：

「謝謝你一直以來沒有嫌棄我，沒有因為我嘴巴壞就不理我，還很有耐心給我機會和你做朋友。」

「呃……怎麼這麼突然？」

「因為今天心情好。順便說，剛剛那段話我只說一次。」

小漩一口氣說完，也不理會錯愕的阿和，快走了幾步走到前頭。

人生中有很多機會，一旦錯失就再也沒了。所以小漩非常感謝，感謝給她無數次機會的阿和，也因為他才認識了久彌，才經歷了這麼多事，也懂了許多該懂的道理。

雖然直到最後小漩都沒有機會詢問久彌神祕簡訊的事情、她和世界觀測組織的關係，尤其是最後一封簡訊——【忘了嗎？一切都是因為妳。】——讓小漩有點在意。不過她轉念一想，反正明天就能在學校碰面，一切都會順利解決，回歸常軌。

因為她改變了，不再是一個人。

這時小漩的手機響了。她接起手機，這次打來的不是騷擾犯，也不是詭異的音調，而是黎遠。

可是為什麼？這麼突然……

電話另一頭傳來黎遠慎重的聲音：

『小漩，冷靜點，聽我說。現在馬上遠離隋和。』

小漩背後一涼，完全沒聽明白。

「……你、你在說什麼？阿和他……」

……阿和他為什麼會跟黎遠扯上關係？

話還沒問完，手機就被身後的一隻手掛掉，只聽到通話結束前黎遠最後的一句話。

『不要怕，等我……』

電話的另一頭，黎遠正在車上，手上是一疊封存已久的原始檔案。

兩天以來他徹夜未眠，徹底清查當年所有參與實驗人員的下落，無論那人是離開組織還是死亡。

然而他沒料到，背叛者並非指使當年參與實驗的研究人員。

他瞥過手上的文件。

「編號：００１７９５２４８」

這是實驗體的檔案——那些當年僅僅是孩子，應該被消除記憶，甚至從頭到尾都不知實驗全貌的實驗品。

儘管照片上年幼的身形與如今不太相似，可黎遠一看就知道——這是隋和。

三年了，背叛者為了保下隋和，連組織內部的文件都一一竄改，包含最初隋和接近小漩時的調查資料也全是假的。藏得真深，真是好手段。

他瞇起雙眼，雙手中的文件被力道不自然地扭曲。

與此同時，小漩並不知道黎遠所查到的情報，她轉過身想看看阿和，看看她熟悉的爽朗笑容，那個不管遇到什麼事情都相信她、支持她，總是抱著樂觀想法的少年。

她看到的卻是一把刀，抵在自己的頸部。

是久彌落下的折疊刀。

「照慣例，反派不是應該最後一幕才揭曉嗎？真可惜，原本以為我還可以再撐個四、五天呢。」

阿和笑著。

他露出無奈的笑容，正如平時被小漩吐槽時一樣。

周圍的行人本來就很稀少，如今有兩、三人神情戒備，其中一人開始撥打手機，甚至逐步向他們逼近。

而阿和挾持著小漩，往牆邊退去。

他依舊輕鬆地在小漩耳邊說：

「當守著妳的監視者離開的時候，我還擔心妳是假貨。沒想到是真的，看來我的運氣還挺不錯呢，呵呵。」

溫熱的氣息擦過耳畔，很輕很癢，卻又像刀片割著內心，讓她渾身戰慄。

——一切都是假的？

冰冷的刀鋒抵在眼前，無法回頭看到他的臉龐，但那上揚開朗的音調，還有緊靠著的溫暖，都一樣……阿和正笑著，就如同每次望著自己時一樣。

——為什麼？為什麼要這麼做？

好亂，無法思考，聽到的、看到的都……組不起來，可是一連串壓不下來的疑問，又像爆發般湧上心頭。

——神祕的簡訊，引導自己調查三年前的事件。

——傳給阿浩逛街的地址，還附上自己與久彌的照片。

——阿浩的手機為何這麼碰巧掉落？

對啊，為什麼這麼巧？

原來，騷擾犯的事情根本還沒有結束。

班上分組報告自己總是跟熱心的阿和一組，儘管之前沒有把他加入電話簿，他也有自己的手機號碼。反追蹤計畫的地點是阿和提出，自己與久彌的合照也是他拍的。當他架住阿浩，翻動阿浩的口袋時，他早就找到手機，卻裝做受接近的行人影響而分神，給阿浩逃走的機會，隨後把手機丟到地上，讓久彌撿起。

原來如此。

她瞬間明白了，從最開始，阿和會主動接近自己，包容自己各種不近人情的舉止，本來就不是基於什麼少女漫畫般的戀愛吸引。

——【忘了嗎？一切都是因為妳。】

久彌不是愛麗絲。那真正的愛麗絲、三年前的少女A是……

——停下來！別再碰了，不能去想……

好痛，頭好痛。

小漩忽然無法思考，好像自己做了什麼絕對不能做的事。

此時，四台黑色轎車與兩輛廂型車疾駛而來，封鎖了整條街道。

阿和嘲弄似地開口：

「速度真快呢，不愧是可以進行人體實驗，又能瞞天過海的幕後組織。不知道下一步會不會派出狙擊手啊？反正對我這種『恐怖分子』，不經審判就當場射殺也是司空見慣的事嘛。啊啊，這樣我可就危險了耶。」

明明在說自己的生死，從阿和的語氣中卻聽不出絲毫情緒，就像說著別人的事……更像說著可以被隨便砍殺的遊戲角色。

「小漩，需要靠妳來保護我囉。」

黑色轎車與廂型車齊一停下，持槍的黑衣人與武裝人員迅速圍住兩人，這一刻，位居中間的轎車車門也旋即打開。

是黎遠，一臉神情冷肅。他開口的第一句話就是：

「所有人沒有我的命令前不許行動。」

黎遠掃了一眼，沒有直視小漩，緊盯著阿和說：

「你想要什麼？」

聲音冷酷、理性，帶著上位者居高臨下的威壓，卻不是小漩所認識的那個黎遠。

阿和沒有回答，繼續在她的耳邊低語：

「怎麼樣啊？那個男人是不是跟妳記憶中的不同？身為世界觀測組織的前任執行者，怎麼可能只是一個簡單的男人，還守在妳這個『普通』的女高中生身邊？」

聽不懂。

組織、監視者、人體實驗、命令、當場射殺……沒有一句聽得懂，所有的語詞都裂成無意義的聲音碎片，拼不起來，刺進她的心裡。

阿和沒有停止，仍然用親密的語氣私語著。

「……還有更多妳不知道的喔。妳還記得什麼時候跟那個男人認識？想得起自己父母的樣子？說得出哥哥的名字？妳還記得……」

說到這裡，阿和輕笑一聲。

「自己究竟是誰嗎？」

——好痛。好痛。

「別、別再說了……」

小漩已經無法正常思考，連說話都開始打顫，頭好痛，心也好痛。

——不記得了，想不起來。

都是習以為常，平常從沒想過的事情。為什麼都不對勁了？都錯了？

小漩望向黎遠，黎遠穿著正式，周圍盡是手持槍枝的武裝人員。他的臉上冰冷得面無表情，僅剩下面對敵人的戒備。

好奇怪、好陌生，跟記憶中很會照顧人，不時戲弄自己，總是溫和笑著的他，完全不一樣。

是真的？

這一切都是真的嗎？

沒有人回答，耳畔只傳來阿和一字一句的質疑：

「妳，還能相信那個男人嗎？」

小漩無法思考，她全身發冷，倏然間只感覺到冰涼的液體滑下臉頰，模糊了視線。

「差不多也該走了。我需要一把槍，就你的吧。」

阿和瞧著黎遠，邊用刀比劃。

「別想搞鬼，殺她不用零點一秒，我可沒有退路，別逼我。」

鋒利的刀刃再移動分毫就會劃破小漩的肌膚，刺入動脈與氣管。

「……好。」

黎遠沉默了一下，抽出身上的手槍，握住槍管外的滑套，向前走去。

他周圍的隨扈馬上攔住他。

「太危險了，您不能過去！」

黎遠直視著隋和與他手上的刀鋒，單手揮退手下，越過防線，獨自走到小漩與隋和面前。

在如此近的距離下，小漩看到黎遠冷靜面孔上暗沉的眼神、眼下的陰影，還有緊握成拳的右手。黎遠沒有鬆手，就這樣拿著槍，等待隋和下一步行動。

這時候，隋和只要接起槍，一發子彈就能結束他的性命。

他靜靜地凝視著，等待隋和接起槍的那一瞬。

阿和笑了一下。

「擔心的話，不用給我，給她就好了。」

他鬆開小漩的雙手，讓小漩握住黎遠遞過來的手槍，並用空出來的手，調整小漩握槍姿勢，之後在小漩的耳邊曖昧地輕笑。

「拿好喔，說不定等會就用得上呢。」接著阿和又說：「嗯……逃走的話也需要車

吧？就那輛吧。」

黎遠順著阿和的目光，指示下屬退開，讓出道路。

他沒有異議，雙眼緊盯著阿和的舉動，彷彿將畫面中的一切，連同小漩木然的神情、臉上的淚痕、眼中的驚恐與不信任，都狠狠印入腦海深處。

他壓下緊繃的衝動，將所有的情感捻熄在沉默之中，唯獨在兩人擦身而過時，不禁溢出低啞的自語：

「……等我。」

直到阿和挾持著小漩駕車離去，黎遠才拿出手機，上面全是未接來電。

一想到組織內部妄想掌控一切的高層，包含幕後背叛者故作不知的偽裝，他諷刺地彎起嘴角。

他緩緩接起最頻繁打來的號碼。面對上層的急促逼問，他僅回覆一句：

「是的，我會負起全部責任，消除議定書外所有的變數。」

隨即漠然地回到車上。

他坐在後座的車窗邊，映在窗戶上的臉孔除了冰冷外，沒有擔憂，也沒有焦慮，毫無多餘的情緒。

因為一切都在計畫之內。

轎車不知何時驟然駛入地下隧道，在光線消失的瞬間，他才不自禁地單手覆蓋在面孔上，恍如第一次察覺到自己的內心居然如此動搖。

之後，小漩與阿和還換過幾次車，甩掉所有的追蹤者，最終抵達一處不起眼的地下停車場。

小漩麻木地跟著阿和進入電梯。阿和並沒有按特定樓層，而是直接掏出一張空白卡片，往感應器一刷，電梯立即下降，降到小漩也不清楚的深度才停止。

阿和沒有拿走手槍，一直放任小漩拿著。他甚至用不知道是開玩笑還是認真的語氣對小漩說：

「如果妳對我還有點感情，就直接朝我這裡開槍。」

他的手比著眉心，開朗地笑著，小漩卻完全感覺不到笑意。

他是認真的。

小漩呼吸一窒，只覺得手中冰涼的金屬越來越沉重，沉重到讓她難以呼吸。

他們到了沒有樓層顯示的地下室，裡面設備齊全，好似整潔的地下公寓，還有大大小小的螢幕，正監控著大樓周圍。

「放心，我沒想做什麼，單純想幫妳找回記憶。」

阿和邊說，邊打開中央最大的螢幕。他忽然回頭望了小漩一眼。

「我一直低估了監視者對妳的影響。妳之前對誰都這麼防備，也是因為他嗎？經歷了這麼多事，竟然還不好好調查當年的事件，真讓我失望啊。」

……監視者？誰？……黎遠嗎？

瞧見小漩茫然的神情，阿和忍不住走到她身前，直視著她說：

「這麼多年，只有妳一個人忘了一切，這真的很過分呢。」

忘了？……忘了什麼？

無法理解。明明每句話都是中文，到小漩的腦中卻是一團混亂。

「看好了，這就是真正的愛麗絲——當年的少女Ａ。」

阿和說完，按下遙控器，中央的大螢幕一閃，毫無溫度的冷光與聲音就在房間中迴響。

不是小漩之前所看過任何一個網路流傳的版本。

不是網路誘拐，不是愉悅殺人，而是更為冷酷、更加理性的人體實驗——活體腦部

實驗。

少女的聲音與久彌最初收到的恐嚇錄音一模一樣，不斷地哭泣哀求，然而無人理會。所有的成年人都為了更遠大的理想繼續實驗。

小漩無法克制自己的顫慄，不由得轉過頭，別開視線。

阿和卻扶正小漩的臉，在她的耳畔說：

「不准逃，這就是被妳遺忘的愛麗絲，好好把她記在心裡。」

直到少女不再掙扎，監控器上顯示著實驗體死亡時，影片才戛然而止。

阿和望著黯淡的螢幕，沉靜地說：

「這就是當年被放在網路上的影片。因為涉及實驗機密，被組織封鎖，還製造了假影片轉移目光。被『砍』的影片與被『砍頭』的影片，只要與自己無關，也沒人會在乎其中差異。不管是真是假，最後都會變成可笑的都市傳說吧。」

說著，阿和諷刺地彎起嘴角。

「不過這實驗確實很厲害啊，哈。如果完成的話，別說是灌輸記憶、操控意識，連突破人類心靈最後的禁域，達成人格替換都有可能吧。難怪會有人垂涎不已。」

小漩木然聽完，現在她知曉了真相，已經無法逃避。

「……簡訊……奇怪的簡訊，是你……」

她終於找到發送神祕簡訊的人，也終於明白簡訊的涵義，可是……

「……為什麼？」為什麼要扯上自己？

阿和對著迷惘的小漩微笑。

「這一切都是因為妳喔。」

——不要聽！

有聲音在小漩心中赫然警告，但她被阿和的雙手禁錮，無法轉身也無法摀住耳朵。

「妳知道這實驗的主導人是誰嗎？」

——停下來，不能想！

——對，這一切都跟我沒關係。我只是不小心被捲入，什麼都不知道。求求你……

「……不要再說了，不要再問了……」

她緊緊握住手槍，扣著扳機，失控地顫抖。

阿和就像沒有聽到小漩脫口而出的呢喃，如同放學後與死黨群聚在橋邊，用石塊比賽砸橋下流浪狗的高中生，暢快地笑著。

「就是妳的親生哥哥——何海。」

——哥哥。

多久了，一直不願想起這個詞，也從未對身旁的異狀有過半點疑問。好奇怪。

怎麼可能，怎麼可能有人能笨到這種地步，居然連自己的事也搞不清楚、不聞不問，簡直是愚蠢無下限啊，真、真好笑。她好想自嘲，可臉上怎麼也笑不出來。

好痛，突然腦中像被無數的雜音充斥，快要爆掉一般的痛。好難受，好想吐，她無法控制地冒著冷汗，知覺漸漸模糊，就連意識也……

——這是懲罰嗎？因為自己忘了一切。為什麼？……好痛，哥哥……黎遠……

「鏗」一聲，是手槍掉落的聲音？還是自己摔倒的聲音？然而在意識沒入完全的黑暗前，她沒有感覺到疼痛，只感覺自己落到一個溫暖的懷抱中。

——阿和……

♥ ♠ ♦ ♣

黑暗中，她害怕，驚恐，無助，直到撞到了他。

「回去。誰讓妳過來這裡？這不是妳能來的地方。」

又有另一個聲音說：

「沒關係，讓她看看也可以。」

「回去！快點回去，別再過來。」

……是誰？是誰在說話？

♥ ♠ ♦ ♣

當小漩再次恢復知覺時，她聞到熟悉的氣味——廚房傳來的溫暖香味。

她動了動手指，還有些虛弱。慢慢張開眼睛，就看到陌生的天花板、陌生的床鋪。

起身朝著炒菜聲走去，沒有見到熟悉的身影，心中驀然湧上說不明白的失落，恍如從夢中墜入冰冷的現實。

阿和正用包著紗布的左手煎著西式蛋餅，回頭對小漩說：

「常看到妳吃這個，我想妳應該會喜歡。」

他讓小漩先坐在餐桌前，再把菜端上。小漩的手機早就被阿和丟掉，無從知道現在是幾點，也就分不清楚這是早餐還是晚餐了。

見小漩沒動，阿和還主動幫她夾了菜，隨後笑著說：

「不喜歡嗎？那我可會很失望呢。」

聽到相似的話語，小漩一愣，然而眼前卻不是同一個人。

「在想誰呢？」阿和驟然靠近，注視著她的雙眼。

好近。這距離再度讓小漩提高警覺，同樣的笑容卻因為逼近讓她全身都覺得危險。最後在阿和的注視下，她戒備地夾起一口菜，放到嘴裡。

……好吃。

很好吃，很用心，每道菜都是自己喜歡的，儘管如此，她也提不起食慾。她草草吃完，才發現阿和一直凝視著自己，那深沉的眼神看得她心底一涼。

阿和突然嘆了一口氣。

「該說妳對我太防備，還是太鬆懈？」

然後他起身回到小漩房間，拿出放在床頭的手槍，交到小漩手上。他面帶微笑卻用慎重的語氣說：

「拿好，世界可是很危險的。不要依賴別人，要學會保護自己。」

隨即語氣一轉，好似說著有趣的笑話。

「我失敗的話，下場只會比影片中更慘，所以如果對我還有點同情，還有一點憐憫的話，在逃跑之前，先殺了我。」

小漩無法理解，更從心底發冷。為什麼？為什麼阿和可以對自己的死亡毫不在乎？

看著小漩不知道是因為自己的話、還是槍械而緊繃的樣子，阿和又笑了。

「別害怕，我跟妳是一樣的喔。」

一樣？什麼地方一樣？為什麼兩人會一樣？

阿和幫小漩調整握槍姿勢，托著小漩握槍的雙手，把槍孔對準自己，接著對她說：

「我和妳一樣，大腦裡都植入了晶片。」

——晶片、實驗、哥哥……

小漩猝然想起之前看到的影片，腦中當即一痛。

但耳邊的聲音並沒有停下，阿和繼續用輕鬆愉悅的語調說：

「因為那個實驗，我的大腦被塞入了成年人三倍的知識與經驗，自己的事反而都忘了呢。」

他一邊說著一邊用手指敲著自己的眉心，好像那不是自己的腦袋，只是一團可以替換的血肉，一團零件。

「那個年幼、弱小又無用的自己，理所當然地被遺忘了。再次見到『父母』的時候，也不知道那是安排的，還是親生的，呵呵，不過又有什麼差別呢？」

為什麼？

……是厭惡嗎？是責怪？……還是憎恨？

明明是爽朗的笑容，沒有絲毫難過，可是，好痛苦。

小漩如同被無形的刺哽住，想說些什麼，卻什麼也說不出口。

阿和專注地看著小漩，逐漸貼近，猶如要錄下她所有細微的神情，著迷地說：

「這種表情，會讓我很想欺負妳呢。」

熾熱的氣息忽然迎面而來，還來不及開口的雙唇就被柔軟的舌頭侵入。

阿和吻了小漩。

小漩差點鬆開手槍，但被阿和包著紗布的手緊緊握住。就這樣隔著槍，她緊靠著椅背，推不開，也逃不掉，被強壓在扳機上的手指害怕得不敢用力。

她慌忙地別開臉，溫熱的雙唇掠過自己的嘴角，直到敏感的頸部。炙熱的氣息拂過肌膚，讓她如同被咬住的獵物般戰慄。

不知過了多久，阿和緩緩離開她的頸側，靠到她的額頭，直直對上她的雙眼，聲音突然變得低沉，嘴角也露出複雜的笑容。

「……害怕我是應該的。相不相信都沒關係，可我真的非常……非常喜歡妳。」

不對。是假的吧？是騙人的吧？搞不懂……都錯了，一切都分不清楚了。

淚水不知不覺從眼角滑落，被阿和用指腹細細拭去。

他擦乾小漩所有的淚痕，直視她的眼神變得深沉灼熱。

「別再哭囉，不然就讓妳再也無法離開我。」

小漩渾身一僵。

察覺到小漩的僵硬，阿和笑了，語氣一轉，又恢復了清澈開朗。

「開玩笑的。」

隨後他起身離開，留給小漩獨自平靜的空間。

望著空無一人的起居室，她漸漸鎮定下來。

慌，一點用處也沒有。儘管心中亂糟糟的，她還是下意識地思考這幾天發生的事。

一切都是假的嗎？都是自己的一廂情願嗎？

有沒有這麼誇張啊，為了自己這麼一個單蠢沒心眼的笨蛋，費這麼大的功夫，搞這麼多事，簡直都可以拍電影了。哈、哈。

……笑不出來。

這一點都不好笑。

一直都以為，一直都深深相信的……

小漩曲起膝蓋，雙手僵硬得放不開手槍握柄，就這樣握著槍、圈起膝蓋，整個人縮在座椅之中，把難看的表情埋在膝蓋裡。

……阿和他……不對，也許隋和也是假名吧？早就清楚久彌的計畫，幫助久彌也是為了引起自己的興趣，接近自己，讓自己主動調查三年前少女A的事。

是吧？只是為了這樣吧？

無論是背叛，還是利用，不都是在有信任、有情誼的前提下，才能成功嗎？

所以，才會這樣接近自己，對自己露出笑容，對自己……

一切都是對自己的報復嗎？因為實驗失去了記憶、家人，那笑容底下，究竟……

問不出口，什麼也做不了。

肩膀因為發冷微微顫抖。她想起手槍握柄的重量、阿和深沉的眼神，他是認真的，真的，會扣下扳機。

……而自己，做不到。

該怎麼辦？現在自己該怎麼辦？她搞不明白，如果是要報復的話，為什麼不殺了自己，為什麼……要把槍交給自己。

驀然想起阿和說過的話。

——「放心，我沒想做什麼，單純想幫妳找回記憶。」

不對！

如果阿和的目的是要自己想起當年的事，少女A的真相，他不是已經知道了嗎？

小漩旋即起身，戰戰兢兢地握著槍，往唯一的聲源走去。

「喀」一聲，是槍械的聲音。阿和正在房間裡整理著大大小小各種型號的武器，熟練得不像高中生，更像戰場上的軍人。

「找我？」阿和轉過身來看向持槍保持警戒的小漩，手上的動作沒有停下，依舊拆組著槍械。

「……你到底想讓我想起什麼？」

阿和恰巧組好一柄手槍，他邊無意識地把玩著手上的凶器，邊說：

「妳哥哥的研究成果，重新啟動霍爾蒙克斯（Homunculus）計劃的鑰匙。」

霍爾蒙克斯計劃？這是什麼？小漩皺起眉頭，從來沒有聽過這個名詞。

這時，大樓猛然一震，房內燈光閃爍、忽明忽暗，最後電力還是被切斷，轉換成暗紅色的內部緊急供電。

「來了。」阿和的聲音中有隱藏不住的興奮：「還以為能夠撐上八小時，看來是我太低估組織了。」

監視器還來不及發出警報就被切斷，阿和知道現在大樓的出入口一定都被組織封鎖，而武裝部隊正從電梯井降落，正中阿和事先準備的「埋伏」。剛剛爆炸的震動，正是「埋伏」傳來的警告。

「拿著。」

阿和毫不理會小漩手中晃動的槍口，將手槍隨意收入腿側槍套，並遞給小漩一個不明的儀器。

「這可以偵測ＧＰＳ訊號，妳自己看看。」

小漩慌亂地單手接住。

一旁阿和穿上了防彈衣，只說了一句：「頸部。」

小漩不敢置信地看著訊號強弱指示燈隨著自己的移動，逐漸顯示到最強。她驚訝地摸摸頸後，什麼異狀也沒有，整個脖子都很光滑，甚至摸不出一絲疤痕或異樣的突起。

——不可能在氣管或食道，GPS的晶片只可能植入頸椎。

但這是……為什麼？

她抬頭正想詢問，卻已找不到阿和的身影。

此時大門轟然一響，被一股巨大的力量撞開，無數武裝人員衝進房內，舉起步槍對準小漩。

與此同時，房間內突兀地瀰漫起煙霧，所有武裝人員立刻戴上面具。

「等……」小漩還來不及開口，手中的手槍與儀器就已經掉落到地上，接著身子一輕失去重心。

她跌坐到地上，聽到晃動視線中一名模糊的疊影說：

「不好，是催眠瓦斯。」

另一邊的房門也被撞開，傳來聲音：

「發現未知通道，似乎通往舊地下排水系統。」

「趕緊去追！」

小漩克制不住睡意，閉上眼睛。只記得所有人的穿著都好相似，但其中有一人不同，特別熟悉，又感覺到這熟悉的身影抱起自己，很溫暖，讓人相當懷念。

第7章 被觀測的愛麗絲

她在黑暗中等待，直到大門開啟，才看到了光亮。

爸爸……哥哥……

哥哥正面對著父親微笑。

「是的，資金沒有任何問題，一切都很順利，組織那邊也都很支持。」

「把漩叫來做什麼？」

「作為交換，我希望她也加入計劃。」

「她？一個孩子，能做什麼？用什麼名義？」

「不是以實驗人員的身分。」

哥哥笑著，就好像看著籠裡白化症的金絲雀，溫室裡基因改造的螢紫蘭花。

「——而是以實驗品的身分。」

♥ ♠ ♦ ♣

小漩一張開眼，就感覺到手中的溫暖一緊。

是黎遠。

他正坐在床邊，握著小漩的手。

小漩有些口渴，不過她還未說話，黎遠就注意到她的目光，端過水來，溫和地說：

「慢慢喝。」

水是溫的。

喝了幾口，意識又有些模糊，聽到黎遠沉穩的聲音：

「好好休息，沒事的。」

恍惚間她見到黎遠垂目一笑，遙遠、虛幻，宛如水中倒影，一碰觸就會消散……

就再次陷入夢中。

黎遠握著小漩的手，直到她的呼吸逐漸平穩，他才離開醫院病房，接起手機。

『資金異動的名單已傳送給你。一切都已經準備就緒了，就等待對方的下一步動作。』

「……嗯。」明明是十分重要的訊息，黎遠卻完全沒有追問細節。

電話的另一方也察覺到異狀，沉聲問：

『……你遲疑了？』

黎遠聽到，輕笑了幾聲。

「你是在開玩笑……」說著目光一冷，語氣變得如刀鋒般銳利：「還是看輕我？」

他微微瞇起雙眼，緩緩道出：

「計畫如期進行，不會有絲毫改變。」

♥ ♠ ♦ ♣

錯了，一切都錯了。

住手，別再說了，停、停下來……救救我……

好痛，好冷，好難受。來不及了，一切錯誤都將消失。

——連同我。

「不，不可以。」

是誰在說話？

「……活下去，求求妳，為了我，撐下去。」

「我不會讓妳死的。就算，忘掉我，就算要付出一切……」

是誰的聲音，很熟悉，好懷念，為什麼這麼令人難過？

♥ ♠ ♦ ♣

床頭的手機陡然一震。

小漩從惡夢中驚醒，雙手抓住床單，汗水沿著臉頰、頸部流入衣內。

她拿起手機，上面有一封未讀簡訊：

【小漩還好嗎？妳跟阿和今天怎麼都沒來？我還以為你們在躲我呢。如果沒事的話說一聲，有事的話當然也要說一聲囉。】

是久彌的簡訊。

對了，一起吃午飯的約定。小漩這時才想起自己爽約了，感覺還不到一天，就過了周末，現在已是周一下午，簡直恍如隔世，嗯……再睡就要變成木乃伊了。

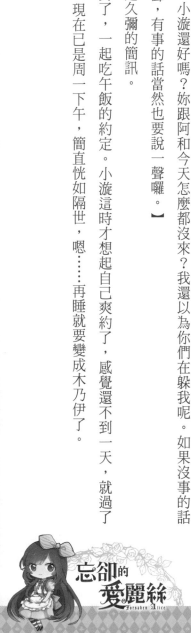

等等，手機？手機不是被阿和丟掉了嗎？

能找回手機，也會找回手機的，唯有一人。

——黎遠。

為什麼？她不明白。是為了監視自己嗎？

她順手點開電話，輸入了「110」，卻在最後一刻沒有按下撥號鍵。

雙手無力地擋在臉上，手機已經被她放到一旁。

……報警？沒有用的吧，自己的手機不是早就被他監控了嗎？

無處可逃。

直到此時，她才恍然想起，哥哥、父母、何家……沒有一個人聯繫過自己。

對，逃走了又如何，自己還有地方可去嗎？根本不記得「家」在哪裡，就連自己被趕出家門的記憶，也是假的吧？

好累，搞不清楚了。到底什麼是假的？什麼是真的？

手機就擺在手邊，可是她連隨便撥打個電話測試的心情都沒有。

……真傻，明明之前就在地下車站見過黎遠隱藏的一面，是自己不願多想。

分別前的一幕浮現在腦海中。黎遠眼神暗沉，右手緊握，將沉重的槍械交到自己的手中……

搞不懂。

他是組織的監視者吧？一切都是為了監視自己而已……對吧？

想著想著，看似病房的門驟然打開，熟悉又陌生的身影走了進來。

那身影一如以往穿著正式的西裝，戴著熟悉的手套。黎遠見到小漩清醒，就往床邊走近，關切地問：

「身體好點了嗎？」

她下意識地起身一退。

黎遠察覺到小漩的防備，就不再接近，苦澀一笑。

不知為何，看到那笑容，小漩心中一窒，當即脫口而出：「我不是故意……」說到一半連自己也愣住。

「嗯。」黎遠露出平和的笑容，什麼也沒說，什麼也沒問，就像扼殺所有多餘的情緒似的，什麼都看不出來。

好悶。

「不、不要這樣……」她吶吶地開口。

但是連自己也不清楚想說什麼，才開口又打住了。

好奇怪，不太對勁吧？

為什麼不警告我？為什麼不質問阿和跟我說了什麼？為什麼……這麼難受。

可惡，搞什麼嘛！自己才是差點目睹同學自殺，又被威脅綁架，還暈倒在陌生地方醒來的受害者吧？

「……嗯。」黎遠淡淡應聲：「好好休息。」

然後就轉身離去。

等、等等……

「別走！」

小漩想都沒想就喊出聲來，可是當對上黎遠回過頭的雙眼，她情急之下又開始語無倫次。

「我、我、我有好、好多問題，這種時候你不是該解、解釋一下嗎？先、先說好，我可不一定會原諒你喔。對、對了，你先說，我、我等你說完再補充。」

黎遠沒有回答，只是垂下眼，輕聲說：

「我無法說明。」

「哼、嗯，我就知道，沒關……什麼？」沒聽錯吧？為、為什麼？

黎遠見到小漩眼中的疑惑，溫和的聲音中帶著壓抑的低啞：

「……我並不值得妳信任。」

小漩一怔。

未等她想明白，房門再度開了，這次進來的不只一人，是一群穿著白袍的陌生男女。光看神情舉止，小漩覺得他們比起醫生，更像實驗室的研究人員。

黎遠側身站在小漩身前，表情立即轉冷，瞇起眼漠然問：

「是誰讓你們過來？」

一位貌似負責人的男子走到黎遠身邊，低聲報告。

另一位陌生的女子則走向小漩，友善地說：

「我們要做個腦波檢查，請何小姐配合一下。」

不對勁。

小漩望著不明的針筒、儀器，心中生疑，甚至隱隱不安，驀然想起阿和的話。

——因為那個實驗……自己的事反而都忘了呢。

忘了？實驗、腦中的晶片……自己也忘了許多事情，都是因為實驗的關係嗎？所以

現在……是要再次洗掉自己的記憶？

不管多說什麼，自己也都會忘記……因此根本沒有解釋的必要嗎？

渾渾噩噩之中，雙唇溢出微弱的顫音。

「……不要。」

小漩的視線越過正在調整儀器的男女，直直注視著黎遠。

「……我不想再忘了。」

陌生的女子連忙安撫說：「何小姐在說什麼玩笑呢？只是一個簡單的檢查而已。」

「別騙我！」

她的聲音不知不覺帶著連自己也沒發現的絕望。

又要回到原點嗎？回到一無所知，被所有人蒙騙的時候嗎？

太過分了！

既然都要讓自己忘記，為什麼還要找回手機，握著自己的手，準備溫開水，為什麼……對我這麼好？

一直這樣欺騙自己，為什麼……

……還是好想相信。

雙眼望著黎遠，希望從熟悉的臉孔上看出一點點想法、一點點解釋。更想起身，再靠近一點，看更清楚一些，卻被身旁的陌生女子一手壓住。

「何小姐，請配合點，別亂動，一下就過去……」

裝著不明液體的針筒就近在眼前，即將插入她的頸部。

「喀」冰冷的上膛聲從女子背後傳來，她當即渾身一僵，因為一柄手槍正抵在她的腰椎。

「放開她。」黎遠的聲音冰冷低沉，卻沒有人能忽視。

女子僵硬地鬆開手，一個不穩跌坐到地上。

貌似負責人的男子惶恐地說：「您、您這麼做可是違反了……」

下一刻，兩聲槍響，一發子彈從男子的嘴邊擦過，另一發射往他身後躲躲藏藏的研究員，正中研究員手中的手機螢幕。

黎遠淡然地掃視眾人說：

「如果有『恐怖分子』襲擊這裡，我是不是應該稟報你們全部『殉職』了呢？」

小漩聽到，心中一驚，趕緊下床緊緊拉住黎遠。

黎遠像察覺到小漩的不安，安撫地朝她一笑，並拿出手機，輸入一連串指令。

小漩看到自己的手機突然震動，運行起一個不知名的背景程式。黎遠沒有解釋，僅僅對小漩說：

「拿好手機，放在頸邊不要離開。」

隨後他調轉槍口，指著負責人男子的腦袋。

「你知道該怎麼做。」

男子戰戰兢兢地舉起雙手，含糊地開口：「……我、我不……」

還來不及哀求，頭部就遭受一記重擊，暈了過去。

一切彷彿發生在轉眼之間，直到黎遠敲暈了剩下幾人，小漩才回過神來，發現自己一直拉著黎遠，還跟著他走動，才慌忙鬆開手退了一步。

黎遠什麼也沒說，斂起目光，注意著門外的動靜，並讓小漩套上一位女性研究員的白袍，接著平靜地對小漩輕聲說：「別擔心。」

他站在病房門後，等房門一開，迅速扼住來者咽喉，並以手上的人質做掩護，朝那人身後的另外兩位武裝人員連開兩槍。

瞬間放倒三人。

之後，黎遠按下火災警報器，刺耳的警報聲響起，不用多久醫院就陷入混亂。而黎遠二人混入人群，避開監視器，沿著逃生梯趕往地下停車場。

小漩邊跑下樓梯，邊低聲喘氣。

望著擋在自己身前的背影，小漩耳邊還迴響著刺耳的槍聲，肌膚上還殘留針筒針尖的觸感，心中更是亂成一團。

他不是自己的監視者嗎？為什麼這麼做？

不等她想明白，一進入地下室，就感覺到一隻手牽住自己，更有一隻手摀住自己的雙唇，讓她混亂的思緒一停，氣息一亂。

是黎遠，正拉住小漩，側耳傾聽外頭的腳步聲。

見小漩一僵，他立刻放開小漩，神情肅穆地舉起手槍準備隻身探查，一轉頭卻微微愣住。

因為他看到小漩雙眼中藏不住的焦慮與擔憂。

黎遠下意識地伸出手，又頹然放下，複雜地自嘲一笑。

這笑容就像隨時會消失的浮光掠影，讓小漩心頭緊揪，不禁伸手拉住黎遠的袖口。

他無奈地揉了揉她的頭頂，並做了一個口形：

「等我。」

相較於上層一片慌亂的醫院，地下停車場早在第一時間就被封鎖，此刻更顯得寂靜陰暗。

♥
♠
♦
♣

在此的武裝人員共有四人，正兩兩一組沿車搜索，幾人僵硬的持槍動作透露出新手才有的緊繃。

不久前才讓挾持「重要機密」的「恐怖分子」逃脫，組織的人力大半還在外搜索，在大樓內留守的，多半是新訓或後備役。

其中一人站在車道上，等待走入車陣間，從側邊車窗察看車內的搭檔。

他習慣性地環視周遭，倏然聽到一聲輕響，只見搭檔靠在後車窗上，緊盯著車內。

他心想，怎麼了，有什麼不對嗎？

便往搭檔走去，沒踏幾步，就感覺到腳下濕膩黏滑。

陰影中看不清楚，似乎有不明液體從轎車底盤滲出。該死，這破車漏油了？

他走到專注的搭檔身旁一看……

車內什麼異常都沒有。

而搭檔如同脆弱的骨牌，直直倒下，頸部被鋒利手術刀開了個血口，赤紅的液體塗抹在車窗上。

是血！

然而他來不及轉身，更來不及示警，一支麻醉針已經深深插入他的頸部動脈。

「咚」一聲，一道不祥的重物墜地聲在地下室迴響。

另一組人皺起眉頭。

聽到怪異的聲響，又沒得到同僚的回應，他們已經察覺到異樣。紛紛握緊手槍，警戒地朝聲音來源走去。

「這是什麼味道？」

越走就越聞到一股濃重的惡臭，是汽油。

當其中一人想往後一退，就絆到柔軟的物體——正是倒在陰影中屍體的手掌，汽油的惡臭恰好蓋過了血腥味。

他剎那間明白了，這一切都是為了將自己兩人引到這裡。

與此同時，左後方的車陣間傳來槍聲，緊繃的神經下意識就往對方的藏身處連開了數槍。

火花頓時點燃了揮發的汽油，從地板瞬間延燒到兩側轎車的油箱，爆出火焰與嗆人的焦煙。

最後，兩發藏在濃煙中的子彈，帶走了兩人的性命。

遠在三排車陣外的黎遠，緩緩走近，到了左後方的車陣間撿起手機，停止重複播放的假槍聲。

偌大的停車場又再度回歸寂靜，僅剩燃燒與更換彈匣的聲響。

黎遠背對火光，往小漩藏身的樓梯口走去，卻看到樓梯口走出了三人。

「不准動！放下武器！」

是小漩和挾持她的另外兩名武裝人員。

漆黑的槍口直接抵在小漩的頭部，她不斷跟自己說：不要怕，他們不可能開槍的，自己腦中不是還有重要的祕密嗎？怎麼可能現在就殺了自己，對吧？

明明這樣想著，可是手腳卻不聽使喚，可笑地發軟打顫。

黎遠注視著小漩，舉起雙手，手槍掉落到水泥地板上，發出空蕩的聲響。他隨即面對著武裝人員手上的槍孔，邁過地上的槍枝，慢慢往小漩走近。

「轉過身，手放到背後。」

黎遠見到抵著小漩的槍口如今對準自己，便沉默地轉過身放下雙手，準備讓其中一人將他銬住。

就在那人靠近黎遠時，他瞬間轉身一撞。見到這情景，挾持小漩的武裝人員反射動作地連開數槍，沒有一發子彈落空，全都射中被黎遠擋在前面的同夥。

下一刻，黎遠快速逼近，挾帶著人質朝武裝人員撞來。

剎那間，小漩只感覺到自己被人推開，跌到地上，又聽到幾聲槍響。回過神，僅見黎遠壓倒最後一人，那人不再掙扎，眼神渙散，從下巴到頭顱被射入一槍。

黎遠緩緩起身，朝坐在地上的小漩伸出左手。

然而小漩沒有握住那隻手，甚至根本沒有注意到黎遠勉強的笑容，心中溢滿著比自己被挾持時更深的恐懼，因為……

「……你、你中槍了。」

鮮血從腰側滲出衣衫，染紅壓住傷口的手套。

黎遠扶起小漩，盡力平穩地柔聲說道：「沒事，不用擔心。」

他沒有停歇，緊接著帶小漩坐上轎車。

時間不多了。雖然事先關閉了泡沫滅火系統，故意觸發火災警報，也造成一時的混亂，但還有無法掩飾的槍聲與死傷，不久消防隊將會連同警察紛紛趕到。

醫院外，數輛警車正長鳴著警笛而至，已經有員警下車搭起臨時路障，準備封鎖報案現場。

忽然之間，從地下停車場傳來輪胎的摩擦聲，與引擎運轉到極致的低鳴。一輛黑色轎車高速往出口衝出，而前方正是擋在中央的警車。

來不及了！下一秒就要撞上。

警車上的員警根本沒時間倒退，下意識地舉起手擋在頭前。

緊接著只聽到飛速衝刺的呼嘯聲，轎車一側的輪胎衝上出口兩旁的人行道，以分毫之差與警車擦身而過。

黑色轎車甚至毫不減速，直接加速衝過外頭道路的安全島，前側輪胎一落地，隨即轉向，還未著地的車尾一個飄移，轉眼衝出警方還未部署完全的封鎖線，揚塵而去。

此時，小漩坐在副駕駛座，一手握緊放在頸部旁的手機，一手緊抓著安全帶，忍耐接連的顛簸震盪。

窗外的景象飛掠而過，她卻沒有心思觀看。

她用眼角望向身旁的黎遠，他握著方向盤，神情專注冷靜，看不出絲毫異狀。可當她的視線一往下移，腦中紛亂的心緒全都沉了下來。

鮮血，正從襯衫滲出，流到座椅上。

不、不要……

再這樣下去，會、會……

「……去醫院，去、去醫院吧？」小漩的聲音焦急，還有些打顫。

別再開了。就算會被人抓起來，忘記一切，也沒關係，不在乎了。可是……

「不要，不要這樣……」說著，無助的淚水悄然滑落。

轎車驟然停在路邊。

她的雙眼被淚水模糊，只聽到黎遠虛弱但平靜的聲音：

「下車，去找寒川，地址在、妳的口袋，用手機……」

這是什麼意思？為什麼叫我自己去找寒川？小漩心底一寒。

她顫抖地問：「那、你呢？」

黎遠複雜又溫和地笑了，卻沒有回答。

「快，別怕……」

小漩趕緊拉住黎遠握著方向盤、染上鮮血的右手，黎遠卻蹙起眉頭。

「快！」

因為空中傳來旋翼吵雜的聲響——是直升機。

他凝視高空，抽出置物櫃裡的手槍。

小漩愣愣地鬆開手，目睹著黎遠孤身打開車門。一踏下車，旋翼揚起的強風吹開他的髮梢，拂過他堅毅的臉龐，而怵目的鮮血正隨著腳步滴落到地面。

這時，直升機艙門探出一個熟悉的身影，伴隨著一句殺風景的感慨。

「真麻煩。認識你的時候，我就知道總有一天會變成這樣。」

❤ ♠ ♦ ♣

高空中，如波浪環繞的雲彩染上灰影，昏黃的餘暉穿過雲層，在天際透出橙紅的光輝。一架直升機反射著虛幻的浮光，從市區大樓的玻璃帷幕前高速掠過。

小漩正在那直升機上，卻沒有欣賞夕陽的心情。

她側著頭，望著身旁的黎遠。

他靜靜地靠在艙門邊，染血的衣衫下襬已被剪開，做了應急處理，臉孔因為失血蒼白，眉頭還不時輕蹙，好像連夢中都無法安息，隱忍著痛楚。

黎遠見到寒川後，神情一斂，但壓抑的緊繃也隨之一鬆，上了直升機不久就沉睡過去。

在嘈雜的直升機旋翼聲下，那時仍在車上的小漩，根本聽不見黎遠與寒川兩人的談話，甚至慌亂之中，也記不得黎遠還對自己說了什麼。

只記得，他在包紮時，勉強撐起精神，對不安的自己微微一笑。

兩人的手還握著。

黎遠戴著手套的右手從那時便握住自己，直到現在還沒鬆開。

涼涼的，隔著布料幾乎感覺不到體溫，而手套上還有暗褐色乾涸的血跡。

另一隻握著手機的手越來越痠，她想把手機放回口袋，卻在口袋中摸到了一張名片，是寒川留給自己的聯絡地址。

方才，黎遠獨自面對直升機前所說的話，驀然浮上心頭。

——「下車，去找寒川，地址在、妳的口袋，用手機……」

……可惡！大笨蛋！

小漩雙眼一酸，緊緊回握住黎遠染血的手。

接著，一句話就讓她止住淚水。

「我跟妳無冤無仇，請別看著我的聯絡方法痛哭，會讓我不太舒服。」

……您就不能做個安靜的美男子嗎？誰對著你的聯絡方式痛哭啊！沒、沒見過人眼睛裡進、進沙子嗎？

小漩的不爽在腦中爆發完了，最後說出口的，僅剩心中最在意的事。

「黎、黎遠他……還好嗎？」

寒川雲淡風輕地回應：

「在他還沒有把欠我的債還清前，我是不會弄死他的。」

……你們之間到底是什麼關係？小漩已經不知道該怎麼發問了，不過在短短的幾句之間，懸起的心漸漸平穩下來。

說著，寒川又朝黎遠瞥了一眼。

「果然，搞得這麼狼狽，真可笑。」

儘管寒川的語氣平板得毫無起伏，並非指責，也不是嘲笑，在小漩聽來卻如同沉重的石塊，狠狠砸到心口。

「沒什麼好擔心的。傷勢並不致命，會一直沉睡是因為他的身體太過操勞。」

「操勞？」

「他又瞞著妳？他這幾天完全沒睡，一邊對抗內部的壓力，與組織的高層周旋，一邊調查是誰在挖掘當年的計劃，並做應對的準備。」

小漩心弦一緊。

……第一次聽到，一直以來，黎遠什麼都沒有表現出來。她垂下頭，緊緊交握的手似乎是混亂之中唯一握住的真實……真的，可以相信嗎？

然而還未等她釐清思緒，又聽到身旁冷淡的一句：

「越來越傻了。」

……這是什麼意思？

小漩一怔，抬起頭就看到寒川一臉「別東張西望，除了妳以外還有誰嗎？」的模樣，他瞟了滿臉擔憂的小漩一眼。

「我真是越來越無法理解女人在想些什麼。」

謝謝稱讚。小漩別開眼，心想，其實您難以理解的程度也不遑多讓。

「到了。」

順著寒川的目光往外一看，他們已經到達市中心，在商辦大樓群中一棟大廈的頂端。望著周圍有點熟悉的街景，小漩納悶這不正是寒川的「辦公室」所在嗎？

呃。小漩內心一噎，說好的祕密基地呢？是我的思想太超前，跟不上時代了嗎？

寒川發現小漩沒跟上，只是掃過一眼。

「愚蠢的問題就別問了，會讓我忍不住同情妳的智力。」

……請問這是哪個年代表現「同情」與「罪惡感」的方式？太過時了，我看不出來啊，抱歉。

內心還沒腹誹完，直升機駕駛已拉開另一側的艙門，將黎遠扶上擔架床，小漩只好緊跟著他們進入電梯中。

寒川拿出感應卡一刷，電梯快速下降，到達根本沒有樓層顯示的樓層。

電梯門一開，前方是明亮的走廊。

走廊上有著一扇扇關閉的電子鎖感應門，寒川打開其中一扇，門後似乎是一間客房，然後對小漩說：「在這等著。」

小漩一踏進門內，感應門就自動關上。

「喂！」

話不說清楚沒關係，可是……

「記得把鑰匙卡給我啊！」

想當然，沒有鑰匙卡的她無論怎麼敲，感應門都毫無反應。

她一轉過身，就對上房內等身大的落地鏡，看到自己套著不合身的白袍，裡頭還穿著醫院的病服，與周圍整潔的客房格格不入。鏡中熟悉的臉孔泛白，黑色的長髮變得凌亂，袖子上還沾著不知何時濺到的血跡。

不過是短短兩天而已，一切都變了。

也許是因為在陌生環境，也許是因為獨自一人，深處的隱隱不安再也壓抑不住。

……寒川，能夠信任嗎？

他自稱是哥哥的舊識，之前黎遠也要自己來找他，但先前在地下車站，還有後來說的話……他與黎遠的關係到底是什麼？

組織，也就是阿和所說，進行人體實驗的組織吧？究竟寒川、黎遠，還有……哥、哥做了什麼？一想起實驗與哥哥，小漩的腦袋又開始陣陣刺痛。她環抱雙臂，腦中閃過許許多多畫面。

一個將手槍交到自己手上，可以用爽朗的笑容說著可怕的話，甚至毫不在意自身性

命地自嘲……為什麼聽了，好難受。

另一個明明一直監控著自己，卻突然擋在自己身前，為了保護自己而中槍，鮮血不斷滴落……心好像被緊緊懸起，放不下。

……阿和……黎遠。該怎麼辦才好？該相信誰才對？

「沒用的。」

一道冷冽的聲音冷不防地從小漩身後傳來。

……沒、沒有用？

小漩徬徨地回頭，就看到寒川面無表情地說：

「我屏蔽了這裡所有的無線訊號，妳再怎麼用力按，手機也收不到訊號。」

……誰跟你說這個啊！

小漩一低頭，才發現自己從剛剛就一直握著手機，到現在還沒放下。

對了。心中突然萌生一個念頭。

上一次見到寒川時，他說過：「妳還有什麼想知道的？」對吧？所以，這一切能問他嗎？

這念頭一冒出來，小漩就按捺不住吞吞吐吐地開口：

「……我、我有個問、問題想……」

「喔。」

寒川一副「我懂了」的表情，直接打斷小漩。

「餓的話，冰箱裡有食物。至於廁所……」

寒川隔著眼鏡，用不帶溫度的眼神望著小漩，眼中傳達著「位置這麼明顯，請別回答妳的眼睛有問題」。

……在你心中，笨蛋在乎的就只有吃喝拉撒睡嗎？等等，我、我才不是笨蛋！

小漩握緊拳頭。可惡，就算我寄人籬下，有求於你也……

只好勉為其難忍耐一下。

「……那、那個，上次你說過……」她彆扭地問。

不等小漩說完，又被寒川打斷，不過這次唯獨短短一句。

「二十四小時。」

同樣的聲音、語調，到了耳中忽然變得冰冷無比。

什麼？這是……小漩困惑地皺起眉。

寒川依舊面無表情，話語中也聽不出絲毫情緒，接下來的話，卻讓小漩渾身一冷。

「妳只有二十四小時。二十四小時內妳可以選擇相信那個男人，或永遠遺忘他。」

——不是玩笑。

這時候，她才真正意識到自己身處何處，面對著什麼人。

「我曾說過，可以幫助妳離開他，自然說到做到。趁現在遠離這一切，永遠不再跟那男人、組織，與這所有的事扯上關係。再也不會有人控制妳、監視妳，妳可以自由地過自己全新的人生。」

隔著反射寒光的眼鏡，寒川的表情沒有半點變化。

「我也說過，無知，不一定是壞事。畢竟這些事，本來就不是妳這種人該牽扯上的。」

「好好想想。」

接著，寒川朝客房桌上放了一張感應卡。

「這張卡可以讓妳通往權限開放的地方，不過基本設備這房間都有，衣櫃裡有換洗衣物。有什麼問題可以使用內線電話。時間到了我會來這裡找妳。」

寒川臨走前深深看了小漩一眼。

「他就在隔壁的房間。」又停頓了一會，才如嘆息般低聲說：「希望妳……不會後悔。」

小漩一愣，立即意會「他」指的是黎遠。

心底湧上一股澀意，又帶著讓她雙眼模糊的溫暖。好奇怪，儘管不敢相信，她還是在寒川的話中感覺到那沒有明說的關心。

她緩緩握緊卡片，低下頭輕聲說：「謝謝。」

對此，寒川僅留下一句：「不用謝，算在他欠我的分上就好。」

……你就不能少說幾句，讓我好好感動一下嗎？

小漩無奈地目送寒川離開。

等房間剩下一人，寂靜中心跳的聲音彷彿越來越明顯。她走到連接隔壁的感應門前，電子鎖瞬間解開，她屏住呼吸，悄聲踏入房內。

眼前是一樣的客房。

黎遠躺在純白的床上，白色的燈光打在臉上，留下淺淺的影子。腰部的傷口早已包紮完畢，染血的襯衫與手套都已被換下，彷彿只是睡著了。

第一次見到他卸下偽裝、毫無防備的模樣。

小漩慢慢走到床邊，直視黎遠右手上那道猙獰的傷痕，那幾乎要忘卻的刺痛又隱隱

浮現。

自己什麼都不知道。

——「他又瞞著妳？他這幾天完全沒睡……」寒川淡漠地說。

——「……我並不值得妳信任。」黎遠溫和的聲音中帶著壓抑的低啞。

——「沒事，不用擔心。」他不顧身上的槍傷，吃力地柔聲說道。

真傻，自己簡直像個在籠子裡面跑轉輪的倉鼠，笨得要死還自以為聰明。

無力感從心底蔓延到指尖。

槍聲如同還在耳邊迴響，目睹著鮮血從浸濕的衣衫流到座椅上，自己卻無能為力，不管是開車、逃亡、包紮、槍械……自己什麼都不會，什麼也幫不上忙。

她忍不住舉起手擋在眼前，想摀住自己酸澀的雙眼。

指尖輕輕觸碰到黎遠右手上的傷痕，再顫抖地握住。就像在直升機上的時候，緊緊回握身旁唯一的依靠。

❤ ♠ ♦ ♣

門倏然關上，房內陷入昏暗。

「這是妳做的？」

進來的不是爸爸，而是哥哥——成熟出眾，贏得爸爸重視的哥哥。

他貌似感興趣地拿起學校的陶土勞作，雖然有些粗糙，仍可以辨認出那是一家四口——她、媽媽、爸爸、哥哥。

哥哥笑著拿起自己的人偶，然後問：「這是我嗎？很用心呢。」

隨即鬆開手。

她急忙跑上前，卻晚了一步。

陶土人偶摔到地上，原本象徵哥哥的笑臉斷成兩半，變成再也無法拼補的碎片。

她難過地哭了。

然而哥哥開心地抱住她，摸著她的頭，褒獎說：

「不愧是我的妹妹，確實很有趣。」

她不解地停止哭泣，迷惘地抬起頭，只見哥哥彎下腰來，雙手捧著她的臉頰說：

「哥哥真的很喜歡漩，不管是漩哭泣的樣子，還是迷惑的樣子，都很可愛呢……漩喜歡哥哥嗎？」

她點點頭。

哥哥的雙眼異常的深邃，宛若讓人淪陷的漩渦，無法逃脫的黑洞。

「那漩願意證明給哥哥看嗎？」

♥ ♠ ♦ ♣

小漩猛然驚醒，一張開眼就發現自己躺在陌生的床鋪上，而周圍寂靜無人。

腦海中浮現夢境最後的景象。剛剛夢到的是……哥哥嗎？直到現在她都恍如還留在夢中，被哥哥捧著臉，被哥哥注視著。

——哥哥……到底是怎樣的人？

內心驀然一陣不安。

她坐起身，曲起膝蓋，拉起被子包住自己，好像這樣周圍的空氣就不再沉重冰冷。

沒問題的，只是夢而已，自己不還在床上……

等等！剛剛自己是……躺在床上？

她記得昨天晚上自己沐浴完後，一邊懷疑寒川怎麼找來這麼多合身的女性服裝，一邊在房內走來走去，左思右想，煩躁得睡不著，最後又不自禁地打開門到了隔壁房間，搬了張椅子坐在那邊的書桌前……

糟、糟了！

到、到底昨天晚上發生了什麼事？

小漩感覺羞恥心快從腳底燒到頭頂了。啊啊啊——好想用棉被摀住臉，可是……這也不是自己的棉被啊！

她飛快跳下床。周圍房間內已經被收拾乾淨，沒有見到換藥的繃帶，椅子也被擺回原位，根本沒有另一個人待過的痕跡。

怎麼辦？怎麼辦？怎麼辦！

……沒、沒臉見人了。

正所謂「福無雙至，禍不單行」……啊不對，應該是莫非定律。小漩正想著怎麼避開黎遠，感應門外居然傳來敲門聲……這絕對不是我行我素的寒川啊！

現、現在躲去廁所還有救嗎？

下一刻，感應門就緩緩打開，黎遠端著盛滿早餐的盤子走了進來，隨後一愣。

只看到床上多了一個包著棉被的小山。

「……小漩？」

「……我、我還在賴床，不、不要管我。」

她一出口就後悔了……哪有人賴床還口齒這麼清晰！

「有妳最喜歡的蟹黃小籠包，不趁熱吃，很可惜喔。」

……你是把我當成貪吃鬼還是寵物了？小漩摀得更緊。我才不會上當呢！

「……你、你先放桌上。」

「……嗯。」

小漩隔著棉被，依稀聽到猶如嘆息的聲音。

她悄悄從棉被的縫隙窺看，就見到黎遠將盤子放到桌上，正準備轉身離開，右手戴回熟悉的手套，臉上又是那疏遠的溫和笑容。

「別走……」

身體已經先於意識，慌亂地跑下床。

不過她忘了——自己身上還包著棉被！結果腳一絆，直接往前撲倒。

嗚，好痛。整個人摔到地上，左手肘似乎磕到了地板，而右手似乎壓在溫熱的物體上，還有著微微起伏的心跳……心跳！

小漩正整個人跌在黎遠的懷抱裡，她連忙手足無措地說：

「對、對不起，有沒有壓到傷口？」

黎遠沒有回答，垂著頭，眼神有些晦暗不明。

這麼近的距離，似乎可以聞到彼此的氣息，小漩急急忙忙地想站起身。

「我、我不是故意的。」

黎遠閉上眼，斂去目光，緩緩鬆開抱住小漩的手，低聲說：「……沒關係。」隨即起身扶起小漩。

小漩邊握住黎遠的手起身，感覺熱度要從觸碰到的手指燒到臉頰上來，邊尷尬地解釋說：「我、我只是一時沒胃口而已，並、並沒有要趕你走的意思。」

「嗯。」黎遠的面容上早已沒有多餘的情緒，他微微一笑，伸出左手揉一揉別開臉又偷瞧的小漩頭頂。

又回到最初隔絕得密不透風的模樣。

……不要。小漩心中一酸，再也不想這樣下去了。

這次，她不再彆扭地閃避，反而拉住黎遠戴著手套的右手，悶悶地說：

「……如果我選擇離開你，該怎麼辦？」

早在昨天發現口袋中的寒川名片開始，小漩就已經明白了。

「你早就知道寒川的承諾，對吧？所以叫我來寒川這裡……」

小漩說著說著，不知不覺多出苦澀的顫音。

為什麼？為什麼都不告訴我？明明做了那麼多，還受了這麼重的傷，為什麼到現在還不斷疏遠我、偽裝自己？搞不懂。搞不懂搞不懂搞不懂搞不懂。

「……難道我忘記你也沒有關係嗎？」

她緊緊拉住黎遠的右手，一滴一滴淚水落在自己的手背上、黎遠的袖口上，漸漸滑下沾濕了手套。

黎遠微微怔住。

「……笨蛋！」自己好不容易放下顏面，說了一堆心底話，黎遠竟然沒有半點反應，小漩當下氣憤地想甩開黎遠的手，轉身就走，但她又忘了……腳邊的棉被。

隨即再次一滑。

這一次手肘不痛了，恰好摔到身後的床鋪上。而黎遠也被她手忙腳亂地抓住，正單手支撐，倒在她身上。

小漩氣息一屏，不僅因為過度接近的距離，更因黎遠的神情在逆光的陰影下，變得撲朔迷離，她不由得心頭一緊。

黎遠眼神微暗，聲音多出了一絲低啞。

「漩……」

尚未說完，黎遠就皺起眉頭，迅速起身，小漩也跟著一驚，因為兩人都聽到門口傳來突兀的咳嗽聲。

寒川正站在門口，面無表情地看著兩人。

「不用問從什麼時候開始。我忘了說嗎？所有的房間都有閉路監視器，浴室除外，我還沒有變態到那個地步。」

……原來你還知道「變態」這兩個字啊？小漩別開眼，連害羞的心情也沒了。

寒川對上小漩懷疑的目光，推了推眼鏡。

「還有別胡思亂想。人類的繁殖本能可不在我的研究範圍內。」

……我錯了，期望人類跟變態能相互理解完全是癡心妄想。

黎遠沒多問，走到寒川身旁沉聲說：

「沒想到你成為觀測員後，變得分秒必爭起來。」

寒川漠然地瞥了黎遠一眼。

「如果你心急，我可不介意縮短時限。一切都已經準備就緒，只剩下……」

他轉頭望向聽得一頭霧水的小漩。

「妳的選擇。」

咦？我？小漩一愣。

黎遠驟然瞇起眼，危險地質問：「你想做什麼？」

然而寒川毫不受黎遠的威嚇影響。

「每個人都有尋求真相的機會，她也是。」

「你想違反條約，對無關人員洩漏封存事項？」

「小漩並不是無關人員，按照條約，她也繼承了何海的一切，包含組織內部的權限。」

說著，寒川難得地挑了一下眉。

「還是你覺得，比起我這個守法成員，你這個在逃叛徒更懂得如何鑽條約漏洞？」

黎遠嘴角彎起諷刺的弧度，手中不知何時多出原本放在桌上的拆信刀。

「作為在逃叛徒，在這裡殺了一名組織成員也不意外吧？」

「等等！」小漩腦中一片混亂，焦急地大喊。「……這、這是什麼意思？你們剛剛說的選擇是？」

寒川彷彿審視著小漩，凝視了一會，才用毫無溫度的語氣一字一句說：

「妳選擇知道片面的事實，或是，遺忘一切？」

……是昨天晚上說的選擇嗎？不是說二十四小時嗎，怎麼這麼快？

小漩下意識地望向黎遠……為什麼不希望我知道？難道，忘掉一切……連同他也遺忘，這樣比較好嗎？

黎遠沒有言語，垂下雙眼，隨後露出複雜的笑容。

「我……」小漩乾澀地開口。

這時「咕嚕」一聲響起。

……說好嚴肅凝重的ＢＧＭ呢？小漩只覺得雙耳發燙，僵硬地轉開臉就看到擺在桌上已經冷掉的早餐。這、這絕對不是我的問題！

♥ ♠ ♦ ♣

之後小漩和黎遠離開客房，隨著寒川前去用餐，一路上兩人沉默無言。然而小漩不時回頭望向黎遠，黎遠總是微笑以對，小漩才知道他一直注視著自己。

寒川帶著他們走進一個明亮寬敞的房間。

除了簡約風格的白瓷地板與同樣純白的桌椅，四周連同天花板全是如玉石般光滑的漆黑牆面。

小漩有點不適應地坐到桌前的椅子上。

「這裡是……」

……小黑屋嗎？

寒川用就算眼鏡也遮掩不住，那種看著原始人的眼神。

「這是我辦公的地方。」

喔——原來如此啊，好先進、好高科技，簡直跟小黑屋一樣耶，難怪可以專心辦事呢……不是說好要吃飯的嗎？小漩無言。

只見寒川駕輕就熟地從桌下收納櫃拿出一個熱水瓶，與一碗平民化到簡直讓小漩覺得倍感親切，彩色包裝上還印著傻瓜說明書的高科技產品。

——泡麵。

看到小漩沒動，寒川將熱水瓶推到小漩面前。

「熱水在這。」

不等小漩吐槽，黎遠已經先起身，直接把小漩身前的泡麵拿走。

寒川一挑眉，默默又真誠無私地拿出了一碗，還不同口味，一臉「不早說，其實我還有」的模樣。

——你夠了！

小漩嘴角一抽……看你這麼赤誠相待，如果不用力吐槽，好像很辜負你耶。

一旁的黎遠無奈地一嘆，把第二碗泡麵也沒收走，轉身走去廚房。

等他離開這房間後，小漩直截了當地說：

「我想知道晶片的事。」

「這就是妳思考的結果？」寒川直視著小漩。

「嗯，我想知道。」

小漩的雙眼中透露著堅決。不管是組織的事、實驗的事，還有哥哥的事……確實，一無所知也許是一種幸福，可是她已經受夠無能為力，也想主動改變。

寒川不再質疑，按了純白的桌面一角。

那完全看不出名堂的桌面倏然亮了起來，變為虛擬的光學鍵盤。在寒川輸入一連串

的密碼與指令後，周圍漆黑的牆面瞬間點亮，宛若星空，只是每一個光點不是星子，而是由無數監視器的畫面、網路上的網頁，甚至掃描的文件檔、私人簡訊信件構成。

「這是世界。」

寒川一開口就說：

「世界是由資訊的洪流組成。人無法理解『現在』，在腦中記憶、理解的都是上一刻或更之前的『紀錄』。」

寒川的手再一點鍵盤，凌亂的星空立即如同星座般，被密密麻麻的細線連起。

「而這就是『組織』。」

其中幾個光點漸漸放大，聯繫成一幅清楚的圖像——每一個放大的網頁、信件、新聞、通話或一段影像，都正以代表因果關聯的細線連接一起。

寒川沒有理會一臉疑惑的小漩，繼續說：

「將世界上眾多的資訊收集、分析，以至預測未來，這就是組織的目的。一開始僅僅為了規避導致全球工業停擺的金融海嘯，避免讓世界陷入第三次大衰退。然而資訊的力量太過強大，不只能揭露隱私、炒作股市、預測選舉、製造輿論而已——修改資訊，甚至創造資訊可以讓虛假的事物變成真實。」

——修改資訊！

小漩望著無數監視器或通訊器的畫面，恍然大悟。原來如此，難怪寒川這麼篤定組織不會找上門來，因為還可以刪改或製造假資訊迷惑追兵。

說著，連寒川的雙眼也染上眼鏡反射的寒光。

「因此，組織內部分裂為兩派，一派是被動觀測的保守派，另一派是主動控制的積極派。而妳哥，或者說妳原本所在的何家正是積極派之一。」

小漩被寒川筆直的目光看得一怔。

哥哥……何家……自己的父母是組織的成員？

這時耳邊傳來盤子放到桌上的聲響，一隻手覆在自己緊握的右手上。是黎遠，他端來熱騰騰的義式烘蛋，正關切地注視自己。

寒川掃了他們一眼，然後說：

「控制資訊的方法有很多種。物理層次上製造假證據、假爆炸；訊息層次上控制媒體與網路，製造流言，影響輿論；而在認知層次上利用心理學或生理學洗腦、催眠，或是建立意識形態加以控制。而妳哥何海的計畫正是其中的佼佼者——直接在大腦中植入生物晶片。」

小漩聽到這裡，覺得腦部深處隱隱作痛起來，可害怕黎遠擔心，所以強忍著沒有表現出來。

腦中突然冒出一些念頭，那些奇怪的夢境不是虛構的夢，而是真實的記憶？難道哥哥把自己當作實驗品，在自己腦中植入晶片……嗎？

「那……哥哥他？」

「何海在計畫完成前消失了。」

——什麼？哥哥……消失了？

「準確地說，何海銷毀了研究資料，並且叛逃了。」寒川又說。

「……哥、哥……為什麼？」

——為什麼？哥哥為什麼要這麼做？

小漩忽然全身發冷，腦部陣陣刺痛，從心底感到懼怕。

被握住的手頓時一緊。

黎遠眼神一暗，似乎壓抑著更深沉的情緒，低啞地說：「小漩，夠了……」

說完就牽起小漩，直接往隔壁的房間走去。

小漩直到走出房門才反應過來。

「等、等等，我想……」

話沒有說完的機會，剎那間，侵略的氣息迎面而來，黎遠一直以來溫和的外表就像被撕開一道裂痕，暴露出無法抵禦的狠戾，與沉重到難以負荷的傷痛。她緊張得心跳幾乎漏了一拍，黎遠卻在最後一刻錯開。

他閉上眼，靠在感應門上，低聲說：「……漩。」

聲音微弱得彷彿聲嘶力竭，又好似夢魘時不經意洩漏出的囈語。

最後，他緩緩睜開眼，凝視著小漩，晦暗的雙眸混雜著自嘲與難以言喻的苦衷，艱難地說：「我希望妳……不要想起來……」

第一次，小漩第一次見到他如此脆弱的樣子。

……為什麼不希望我想起來？恐怕他還是不會回答吧。

「……對不起。」

自己什麼都不知道。

下一刻，黎遠恍若失去支撐的力量，靠向小漩，枕在小漩的肩上，小心翼翼地環抱住她。埋在頸間的聲音，有些模糊，又有些濕潤。

「不要說這些……」

小漩感覺到黎遠身上的熱度，她不由得一僵。

該、該怎麼辦？肩上的重量讓她手足無措，不知道是不是黎遠呼吸的熱意，沿著脖子燒到臉頰，但是她……

無法推開黎遠。

如此近的距離，還聞得到他身上藥物混合著碘酒的味道。

做不到。

小漩低聲說：「對不起。」

不知道過去發生了什麼，不了解你付出了什麼，也不清楚你的苦衷，可是……

不想再這樣下去。

不想坐以待斃，不想一個人被瞞在鼓裡。我也想知道，想跟你一起記得，想更加了解你。

「……不想再忘記你。」

「咕嚕。」

這、這是誰肚子叫的聲音？快出來自首，我保證不打妳！

小漩臉一紅，根本忘了自己剛剛說了什麼。

「我、我，這、這是無法控制的生理正常反應，我絕、絕對沒有分心想吃的，就、就算不小心想到了，那也絕對是潛意識、潛意識！」

黎遠淺淺一笑，鬆手退開一步。

那溫和的笑容隱含著割捨與決心，有如下了她不知道的決定。

「那、那我……」小漩猶豫地開口。

黎遠無奈地揉了揉小漩的頭頂，先一步打開寒川辦公室的感應門。

寒川依然面無表情地坐在原處，端著盤子淡淡說：「真久。」

對上迎面而來的兩道視線，齊齊盯著他手上空了的盤子，他罕見地斟酌了一下，真誠地說：「烘蛋味道不錯。」

小漩乾笑。

「……你知道『厚顏無恥』這幾個字怎麼寫嗎？」

「沒創意。」寒川一臉理直氣壯地藐視小漩：「妳以為妳是第一個問我這問題的人嗎？」

小漩突然之間感到十分慶幸，發現自己不是一個人，身為大多數的感覺實在是太好了……並不是！

人生果然處處充滿成長的機會，遇上這種厚顏無恥之人千萬……

不要浪費生命。

她還有滿腔疑問，遲疑地開口：「當年，我哥哥他……」話到了嘴邊，瞄到站在一旁黎遠的身影，竟然哽住了。

「喔，想當年我跟妳哥第一次見面的時候，妳還很可愛地叫我寒川哥哥，真令人懷念。」

「……呃。」小漩別開眼，心想，這一定是蘿莉控才會有的幻覺。

還有，您說這話時毫無情緒起伏，一臉面無表情……確定真的是懷念，不是記恨嗎……

寒川說著，神色自若地拿起空盤子。

「我說得沒錯吧，『黎遠』？」

聽到寒川提起黎遠，小漩轉頭一瞧，只見黎遠黯然笑了笑。

他收走空盤子，輕聲說：「我再去弄一點。」

明明是笑容，小漩卻從其中感到哀傷，甚至有股莫名的失落。

不過她沒有時間深思，見黎遠離開房間，就接續方才的疑惑，問道：

「哥哥的實驗，我什麼都不懂，那為什麼……要找我？」

小漩無法明白。自己並不是研究人員，僅僅是被實驗者，就算恢復記憶，也對研究資料一無所知。

「因為，妳是何海最後接觸的人。」

寒川的聲調閃過片刻震顫，又輕微得恍如錯覺。

隔著鏡片，依舊看不清寒川的神情，他淡漠地說了下去。

「何海銷毀的是組織內部的資料，他自己研究室的資料並沒有被破壞。然而研究所的主電腦有最高安全層級的防護，用物理方式竊取資料，只會導致資料損毀。唯一取得資料的方法就是使用最高權限登入，而最高權限的密碼只有何海知道。」

這就是阿和所說的「鑰匙」嗎？小漩心想。

「……有什麼方法可以證明我不知道密碼？」

寒川直接回答：

「沒有辦法。人只能證明自己知道什麼，無法證明自己不知道什麼。不過，我也很難想像妳哥那樣高傲的人，會把寶貴的研究資料密碼留在妳身上。」

「……真謝謝你的信任。」

「不用客氣，應該的。」

……應該什麼？請不要用這種理所當然的語氣鄙視跟你同種族的人類好嗎？小漩再度別開眼。

可是，自己到底該怎麼辦才好？要怎麼做才能逃離組織的追蹤？

最近一連串的事情，不管是神祕組織、逃亡、密碼……沒有一個是自己能夠解決的……

實驗、何家，還有哥哥……好混亂。

——「如果對我還有點同情，還有一點憐憫的話，在逃跑之前，先殺了我。」因為哥哥的實驗，他失去了記憶、家人，然而他希望自己想起一切。

——「我希望妳……不要想起來……」被組織派來監視自己的他，卻寧可自己忘了他，也不希望自己喚回記憶。

為什麼？為什麼阿和想要實驗資料？為什麼黎遠要阻止自己想起？

難道自己當年做了什麼……還是哥、哥……

小漩垂下頭，放在腿上的雙手不知不覺間緊緊交握，然後，一隻溫暖的手伸了過來……把她的長髮弄得亂七八糟。

小漩連忙抱頭抵禦。可惡，人家難得認真起來，都不給我點思考時間嗎？還有這種逗寵物的架式是怎麼回事？我連人權都沒了嗎？

一撥開亂髮，抬頭就看到不知何時進來的黎遠，對上他無害的笑容。

她如臨大敵般緊盯著眼前的威脅。別以為你用這種純良的目光望著我，我就會忘記你的手還放在我頭上……還揉！

寒川看著兩人，清了清喉嚨。之後聲音轉冷：

「妳已經做出選擇了。如果沒什麼其他想問的，我倒是有件事想說。」

怎麼了，難道還有什麼沒提到的機密嗎？小漩的心懸了起來。

「請盡快離、開、這、裡。」

寒川一臉嚴肅，鄭重地說。

「妳知道你們在這裡的時候多打擾我的正常生活嗎？光是從監視器傳來的聲音，就讓我難以入睡，還錯過了午覺，更不用說你們兩個不時就有新進展，害我每時每刻都要擔心，自己會不會又錯過了什麼，完全無法專心研究……」

小漩無言。為什麼要自暴自棄？悶騷寡言這麼好的屬性，怎麼不多堅持一下呢？

黎遠沒有多說，只將剛炒好的炒飯放在桌上，見小漩不再愁眉不展，就先行離去。

寒川則在小漩吃著餐點時，交給小漩一個盒子，並語重心長地說：

「這應該會對妳有幫助，拿好。」

「……我可以現場打開來看嗎？」小漩半信半疑地問。

「當然。」

盒子並不大，外觀是鐵灰色一體成形的紙盒，並不重。小漩謹慎地打開，接著她看到了一個……

一個……項圈？

「……我、我可以問這是做什麼用的嗎？」

寒川皺起眉頭，有如聽到什麼愚蠢的問題般。

「當然是套在脖子上。」

「……請問，您是想讓我套在誰的脖子上？」

聞言，寒川挑了一下眉。

「我不知道原來妳有這種興趣，下次我可以多幫妳準備幾個，價格好談。不過別把這個跟給黎遠的搞混，裡面有專門屏蔽妳頸部ＧＰＳ訊號的裝置。」

……我好像聽到什麼奇怪的東西混進去了？小漩堅信剛剛只是幻聽，還是很感激地道謝：「謝謝。」

寒川沉默了一會，緩緩說：

「……我也只能做到這裡，接下來就要看妳跟黎遠兩人的作為了。」

感受到話語中的關心，小漩發自內心真誠地笑了。

難得寒川也沒再補上幾句，小漩便回到房間。每個感應門都長得很像，所以她早上出來前還特別記了一下方位。嗯，轉角數過來第三間，沒錯，就是這裡。

卡一刷，感應門就如預料地打開。

一開門就看到熟悉的客房，還有……

凌亂的衣衫、敞開的襯衫下襬，跟衣衫下綁到一半的繃帶，與暴露在外的緊實腹肌與腰線。

是黎遠正在換藥。

小漩趕緊別開眼，卻又不知道該看向哪裡。

「我、我，對、對不起，我走錯房間了。」

原來她早上出來的，根本不是自己的房間啊！

她尷尬地摸著門把，想若無其事地轉身離開，但被黎遠攔住了。

「小漩，妳會怕我嗎？」

他靠著門，聲音低而沙啞，彷彿隱含著小漩不明白的情愫。

「……我、我才沒有怕你。」

黎遠臉上不再帶著溫和的笑容，突然讓小漩感到危險。

「我、我只是怕、怕打擾到你。」

他沒有言語，單單凝視著小漩，陰影中的雙眸如同壓抑著無法見光的沉重情感。

兩人之間一時僅剩下寂靜。

黎遠伸出手，輕輕地用指尖觸碰她的臉龐，描繪著她的輪廓。被他碰觸到的地方，恍如被點燃般燒燙起來，讓她不由得屏住氣息，好似這樣就能減輕臉上的熱度。

黎遠的手指慢慢順著她的耳側滑到頸間，最後不捨地離開。

「我一直都惦記著妳，一直……一直注視著妳。」

低沉的嗓音似乎摩擦著小漩的肌膚。

「不過……」說著，指腹驟然擦過小漩微啟的唇瓣。「飯粒吃到嘴邊了。」

下一刻，小漩人已經衝進浴室坐在馬桶蓋上，摀著臉，連鏡子也不敢看了。

如果手機有訊號，她一定要上網問：【有沒有用飯粒嘲諷人的八卦？】

可惡、可惡、可惡！每次都這樣開別人玩笑，太過分了！

「小漩？」門外傳來黎遠的聲音。

「別、別管我，我只是、只是……」

「慢慢來並不是什麼壞事，可是，寒川正在等我們喔。」

小漩這時才想起寒川的逐客令，還有……自己還待在變態監視狂的屋簷下啊！

她連忙紅著臉稍作梳洗，等換過衣服後，她從浴室門探出頭來，有些不好意思地盯著黎遠。

黎遠一臉不解般，微笑以對。

半晌，小漩才尷尬地說：「轉、轉過去一下。」

趁著黎遠轉身之際，小漩趕緊走出浴室，拿起寒川準備的GPS屏蔽頸環套在脖子上。純黑色的頸環，搭配寬鬆的上衣、短褲、過膝長襪，還有遮住半邊臉的報童帽。

小漩第一次穿成這樣，整個人渾身不對勁，絞著手指吶吶地說：

「這、這是因為、找不到其他的衣服，都、都是寒川……」

說著，她偷偷瞄了黎遠一眼。

黎遠早已換下平時常穿的襯衫，穿上了V領棉衣，外搭休閒西裝外套，微微露出鎖

骨，還戴上平光眼鏡。整個人褪去了平時的幹練與銳利，看起來隨性柔和。

兩人都為了隱瞞身分，穿著與平時大相逕庭的服裝。

黎遠察覺到小漩的目光，若無其事地一笑。

「小漩害羞的樣子，也很可愛。」

一句話就讓小漩一噎。

我、我才沒有害羞呢！這、這是尷尬、尷尬！

沒多久，兩人就到了來時的電梯前，寒川早就在那等候多時。

一見面寒川就說：「卡。」

啊？小漩愣了一下才反應過來。卡？啊，是說感應門的鑰匙卡。

等收回了感應卡，寒川也不看兩人，自顧自淡漠地說：

「下方就是地下車站，路你知道，不送了。」

黎遠什麼話也沒說，對著寒川微微頷首，就先進了電梯。

小漩踟躕了一下，不知道該說些什麼。要說「再見」？呃，還是說「再也不見」會不會比較好啊？

最後在電梯關門前，她鄭重地說：「謝謝！真的很感……」

她從逐漸闔起的門縫間，看到寒川回過頭來，深深望了她一眼。

電梯關閉，飛速下降。

而電梯門前僅剩寒川一人，視線彷彿穿過緊閉的電梯門，凝視著遙遠的虛空，最後在一片寂靜中低聲自語。

「她跟你一點都不像，海。」

♥ ♠ ♦ ♣

此時鄰近下班下課時間，地鐵站如往常一般人來人往。

幾名女高中生站在車廂門旁，互相玩著手機，儘管刻意壓低聲音，也仍聽得出話語中的興奮。

「妳看，謙桑發新ＭＶ了耶。」

「好帥！在小巷裡飆車的那一幕帥哭了。」

「槍戰也好帥，啊啊，中槍的眼神美膩了！」

「被謙桑這樣抱一下，人生就圓滿了。」

「啊，脫了脫了！」

「喂，妳的螢幕要髒了喔。」

「妳才髒咧！」

小漩站在隔著幾步的扶手旁，感覺自己的臉就像塊鐵板燒，快可以煎蛋了。

她偷偷瞧站在一旁的黎遠。

黎遠對周遭恍若未聞，唯獨注視著小漩，淡淡一笑。

好奇怪的感覺。小漩漸漸有些好奇又有些迷惑，因為她從未見過這樣的黎遠。

這是兩人第一次一起到大街上來，既沒有道路封鎖、也沒有神祕組織、沒有槍戰追逐……

之前，黎遠總是給她一種虛幻、飄忽不定的印象，如同每天早上看到的身影都僅僅是自己的妄想，而不是真實存在的人。

現在，宛如這幻想從夢境墜入現實，走到平凡的人群中，陪伴在自己身邊。

有點……不太習慣。

總覺得脖子緊緊的，帽子歪歪的，站得怪怪的……嗚，一定都是黎遠盯著自己害的！我、我，只是不習慣、不習慣而已！

小漩還在彆扭中，隔著幾步的女高中生們已經從最近的流行，聊到學校哪個老師最機車，這些小漩既懷念又遙遠的話題。

她默默低下頭，不自然地握緊扶手。

忽然，一隻手覆到自己頭上，她下意識想閃躲時，黎遠卻沒有動作。

抬頭一望，就見到他帶著歉意與自責的笑容，並猶如自語般低喃：

「……不用再等多久，等回到何家……」

車廂驟然穿過隧道，呼嘯聲打斷了低語的尾音。

什麼？小漩沒有聽清楚，打算開口詢問，旁邊的女高中生們突然輕呼出聲。

「看看這張照片，好可愛！」

「這不是那個什麼、什麼愛麗絲來著？太多愛麗絲了，好難記喔。」

「被砍頭的那個愛麗絲啦！」

「嗯，我才不會喜歡這種噁心的東西呢。」

「別這樣嘛，不覺得這件衣服挺可愛的嗎？」

「會喜歡這種東西的人，一定有病好不好。」

「唉？被妳一說，我反而有點好奇了耶，怎麼辦？哈哈哈！」

說著說著，地鐵到站，少女們有說有笑地下了車。

『車門即將關閉，請遠離車門。下一站是……』車廂內響起冰冷的電子音。

小漩下意識地追了出去，穿越擁擠的人群，總算在地鐵站的出口瞥見少女們的身影，可是她們早就看著一旁電影院的海報，閒聊起明星與化妝品。

真相重要嗎？

沒什麼人關心，提起了也轉眼就遺忘。

當真相被所有人都遺忘時，留下來的僅剩虛構變成的真實。

「……小漩？」身旁傳來黎遠關懷的聲音。

小漩回過頭，勉強地笑了笑。

「我……」她正想回應，沉寂已久的手機卻乍然響起。

小漩一拿出手機，愣了一下，因為她看到螢幕顯示滿滿的簡訊跟未接來電……都是久彌。

糟糕了。小漩恍然想起，自己從昨天到剛剛為止一直處於訊號屏蔽的大樓中，還忘了回覆久彌！

『小漩！小漩、小漩？是妳嗎？』一接起電話，立即聽到久彌激動的聲音。

「真不好意思，這幾天遇到了一連串事情，而且我剛好都在沒訊號的地方。」

『好吧，那也沒辦法，這次就算……妳欠我。妳害我擔心死了！一直都不接電話也不回簡訊，還以為妳也搞失蹤了！早知道妳沒出事，我就連這幾天的上課筆記都不做，看妳回來怎麼應付考試……』

小漩聽著久彌嘮叨學校的事，什麼也沒說，不管是這幾天發生的事，還是少女A的真相，僅僅傻傻地笑一笑。

因為久彌早已不是愛麗絲了。

『啊，對了——那我可以問一下，阿和又是怎麼了嗎？』

阿和……小漩心中一刺，明明一起上課、一起逛街不過是幾天前的事情，但現在已經人事全非……對於哥哥的實驗，是憎恨嗎？那連實驗也都遺忘的自己……

小漩苦澀一笑。

阿和他……已經，不可能是朋友了。

「……我、我跟他絕交了。」

『怎麼會！』電話另一端傳來久彌的驚叫：『你們到底發生了什麼事，快誠實招來！』

小漩悄悄望向身旁的黎遠，為難地說：「我現在有點不方便……」

『那晚餐呢？說好要一起吃飯的，逛街的事我還沒提呢！』

然而這問題已沒有回答的機會。

『喂？喂？怎麼了？小漩？……』

因為她聽到那無比熟悉的聲音。

「居然跟久彌說我們已經絕交了，真是過分啊。」

一開始她還不敢相信，直到轉過身來，正面看到那爽朗聲音的主人，才不禁渾身一顫。

阿和正拿著手機，穿著輕便的夾克，一步步從電影院旁的暗巷走出，站到熙來攘往的人群之中，就像隨處可見正在等待朋友的大男孩，除了他掌中的手槍。

周圍的人儘管有些好奇，也沒有多加注意。沒有人會認為笑容開朗的阿和手上拿的是真槍，配上深色的塑膠槍身，看起來如同高中生耍帥用的玩具槍，當然，更沒有人會多管閒事。

他站在電影海報前，略帶稚氣的笑容配上身後誇張的動作片場景，無比諷刺。

「我可是跟小漩告白了兩次，到現在都還在等待回應呢，小漩怎麼可以說絕交就絕交呢？」

黎遠早就全神戒備地擋在小漩身前，微微瞇起雙眼。

「是議定書外的次批型嗎？」

「不，我是初期型喔，跟小漩一樣呢。」阿和得意地笑了一下：「就是因為一樣，所以才被他們選上。」

說著，阿和像想起什麼似地，一臉恍然。

「對了，真該感謝你的行動啊，引走了警方的視線，還牽制了組織大多數的成員。這可幫我省下不少事啊，不然等等還要煩惱該怎麼清路呢。」

隨後他朝黎遠舉起槍。

「不過，也就到此為止。」

小漩緊張地拉住黎遠，但黎遠無動於衷，漠然說：「動手你也會死。」

黎遠同時也握住了藏在懷中的手槍。

「確實，不管是殺了你，還是殺了她，都無法達到我的目的。」

阿和隨即調轉槍口，用槍抵著自己，露出躍躍欲試的笑容。

「這樣又如何呢？」

「……阿和！」小漩忍不住出聲制止。

黎遠皺眉一動，卻來不及了。

就在小漩探出頭的一剎那，阿和已將槍口對準小漩的額頭。

阿和對著黎遠說：

「知道嗎？你最大的弱點是不管怎樣你都希望她活著，而我不同，我可以和她一起去死。別逼我。」

「你甘願只做他們的棄子嗎？」黎遠緊盯著阿和，寒聲說道。

「棄子？」阿和更開心了：「我本來就是可拋棄式的工具啊，這腦中的紀錄已經不知道換過幾個身體了呢。所以，要開槍的話，請大發慈悲，瞄準腦袋啊。」

他興奮地說完，緩緩朝小漩伸出手，就像賭徒注視著勢在必得的賭注，又如同死囚凝望著自己唯一的共犯。

「過來吧，小漩。」

小漩握緊發顫的雙手，她很清楚，阿和是認真的，黎遠也真的會開槍。

但她不想再無能為力，她無法坐視兩人死在自己眼前。

尤其她看到了，阿和伸出來的手上有著阻止久彌自刎留下的傷痕。

儘管手指僵硬，她還是鬆開拉著黎遠的手。

「……別開槍，我過去。」

黎遠神情冷肅，依舊擋在小漩身前。當小漩鬆手踏出一步時，他緊握的右手一震，無法克制地微微抬起手，然而什麼也沒握住就頹然放下。

阿和看著無比害怕卻仍然走到自己面前的小漩，露出自嘲的笑容。

他走到小漩身後，用槍抵住小漩腰間，並在兩人錯身時低聲說：

「謝謝妳這麼在乎我。」

小漩一愣，側過頭，什麼也來不及說，什麼也沒看清楚，只見一道微光閃過。

是反射車流冷光的針頭。

阿和從口袋中掏出針管，瞬間刺入小漩的頸間。

「……漩！」

恍惚間，她聽到那總是沉著的聲音變得焦急，可是她已睜不開眼睛，也答不上話。

……對不起。

意識就隨著失衡的身軀墜入黑暗。

第8章 被喚醒的愛麗絲

真傻。

構成人的是什麼？基因？外表？性格？記憶？

一直都不敢去想。

一直逃避著沒有面對。

真笨呢。

怎麼沒想到呢？如果連心靈都能操控的話——

我還是我嗎？

是誰？

我到底是誰？

哈、呵呵，哈哈哈哈……真好笑。

是時候了。

該醒了，這場夢也該結束了。

「殺了我。」

「請殺了我。」

♥ ♠ ♦ ♣

「……不要！」

就像失重墜落一般，陡然從夢中墜入冰冷的現實。

小漩迷茫地驚醒，腦袋昏昏沉沉，又陣陣脹痛，有如昨天熬夜了整晚，第二天一早爬起來上學一樣，馬上倒回溫暖的被窩中……特別想賴床。

「該醒了，二小姐？醒醒！」

「別、別拉被子，我沒有要賴床，只是剛剛作了一個好長的夢，好累，再、再讓我休息一下……」

「……小姐，您忘了今天是什麼日子嗎？」

「真的……再一下下就好了……」

小漩繼續躺著，似乎又漸漸找回夢中的感覺，那樣的哀傷、那樣的沉重、那樣的疲憊……

「小姐？」

「……黎遠，別擔……」誰？

不等一旁的護理人員發火，小漩自己先跳了起來。

——這是誰？

「……黎遠？」小漩再唸了一遍，之後開口問：「……妳聽過這名字嗎？」

護理人員皺起眉頭，慎重地說：「您又聽到耳語了嗎？」

「嗚……」

小漩搖頭。

「後遺症的狀況最近好多了。應該只是作太多夢吧？好累，果然作夢太消耗腦力，再讓我睡……」

「小姐……您是不是忘了今天是見令尊的日子！」

「我、我當然記得……爸爸他……」好久沒見了，要好好準備，所以再讓我……等等，今天？

這次小漩徹底醒了，如同被冷水當頭澆下，逃也似地跑下床。

「慘、慘了！都七點了！」

果然夢境一點都不重要，今天不僅是父親難得有空見自己的日子，更重要的是……

哥哥還在外面等著自己！

等小漩手忙腳亂地整理好儀容，隨著護理人員做好健康紀錄，快步走到哥哥書房前，遲來的忐忑才湧上心頭。

才剛接近就聽到書房內傳來壓抑的聲音。

「海，你這麼做……我無法認同……」

不是哥哥，卻異常熟悉……好像、好像是自己常常聽到的聲音。

書房內又傳來哥哥不在乎的語調。

「……我已經等待很久了，能……你就試試……」

隔著木門有些不清楚，不過她早沒繼續聽的膽子，因為裡頭正好逐漸傳來腳步聲，書房的門就要被推開。

她趕緊坐到外頭會客室的小沙發上，低著頭佯裝什麼都不知道。

只聽到門打了開來，腳步聲卻在走到自己面前時停駐。

小漩迷惑地一愣，正想抬起頭。

這時，書房敞開的門內傳來哥哥的聲音。

「漩，進來吧。」

啊啊啊，原、原來早就被發現了。

小漩慌亂地起身答應：「好、好的。」等回過頭，那腳步聲的主人已經遠去，只見到走入轉角的背影。

小漩微微閃神，好眼熟。

轉念一想，哥哥還在書房等著自己，就無暇多深思。

她緊張地輕聲進入書房。一進門就聞到陳年木製家具的氣味，混雜著土壤濕腐的氣息。晨光穿過窗櫺，照到螢紫色的蘭花上，嬌嫩的花瓣正好一半落在陽光下，一半在陰影中。日光下閃耀著無以名狀的豔紫，陰影中則靜謐地透出不自然的微光。

「喜歡？」

小漩聽到哥哥的聲音點點頭。

書櫃後的身影放下手中翻閱的資料，緩緩走來，一隻手探出陰影，捏住盛開的花朵，蘭花纖細的花莖一折即斷，隨後花瓣飛快地乾枯。

「只是失敗品而已，夜晚就凋零了。」

儘管知道這都是哥哥的實驗品，小漩看著鮮活的花朵在眼前枯萎依然心頭一緊。

「怕嗎？」

小漩一怔，抬起頭就對上觀察著自己的雙眸，與帶著興味的笑容。

她這才想起，對了，等等就要見到爸爸……於是猶疑地說出藏在心底的掛慮。

「我、我也想幫上點忙，就算不能，至少不要拖累到，也、也想多了解哥哥和爸爸……最近，是不是很忙？爸爸……爸爸真的想、真的有時間見我嗎？」

沒有踏實感。

小漩彆扭地絞著手指。幾年沒見了，說不想見，是騙人的。可是比起期待，心中更多的卻是害怕，害怕自己……讓父親失望。

聽到她心底的不安，哥哥開懷地笑了。

如同小時候一樣，哥哥開心地摸著她的頭，輕聲說：

「妳是我的妹妹，時候到了，妳也該清醒了。」

小漩不解地望向哥哥，哥哥則笑而不答。

稍後，小漩就聽從哥哥的安排，跟著隨扈上車，直往研究所去。這段路小漩已來回

過無數遍，但這次望著熟悉的街景，卻混雜著緊繃、焦慮與睡眠不足的抽離感，越接近研究所，腦部越隱隱陣痛，甚至宛如有異物在腦中掙扎，想要破繭而出。

「二小姐，到了。」

耳邊傳來隨扈冷硬的聲音。

小漩打起精神，收斂神情，隨著沉默的隨扈們走入研究所。這一次與往常不同，不再有穿著白袍的研究員為自己注射麻醉。隨扈們見她安靜地坐在實驗室內，便一語不發地退到門外。

咦？不是該去見爸爸嗎？小漩覺得有些古怪，可是她還來不及開口，實驗室的門就已然闔上。

「……搞什麼啊？」

結果，還是見不到吧。

都到實驗最關鍵的時刻，怎麼會有時間來見碌碌無為的女兒呢。

「錯了。」

剎那間，恍如聽到有人在耳邊竊竊私語。

她立即起身左右查看，屋內空無一人。

「都錯了，嘻嘻嘻。」

再次聽到竊笑聲，她皺起眉心想，難道又是後遺症發作？

不過……之前聽到的都像夢中遙遠的回音，從來沒有這麼清晰過。

她惶惶地走向實驗室門口，想喚來護理人員，沒想到門被輕易推開，而門外的隨扈早無蹤影。

「救、救救我。」

聽到與之前迴異的哀求，心底壓抑的不安一湧而上。

「拜、拜託，求、求你，放過我……」

聲音越來越清晰，越來越像在身旁低訴。

是誰？她忍不住環抱雙手。

隨即聽到一連串腳步聲，好似有人在大理石地板上奔跑的聲音。

「停下來，不要！別碰我……」

是誰？

到底是誰的聲音？

回過神來，她已經站在陌生的走廊上，兩側是無數明亮而空蕩的實驗室，監控的儀

器還顯示著意義不明的數據。

此處一點也不陰暗，也沒有血跡，更沒有詭異的聲響，卻讓她毛骨悚然。

從透明的單向玻璃望去，實驗室的地板、牆上都是扭曲的刮痕。儘管她從未來過這裡，然而她一看就知道，那不是任何金屬物造成的刻痕，而是用指甲、牙齒……

「啊啊啊……嘻嘻，哈哈哈哈！」

這裡是研究所的深處，走廊上一片死寂。

她的耳畔卻充斥著混雜喧鬧的私語。

「放開我！你想做什麼？……失敗，實驗失敗了。痛，好痛，好痛。三天了，不是說好三天嗎？為什麼還沒結束呢？必須停止，這一切必須停止，必須到我這裡為止。救救我，救救我……救救我。夠了！錯了，都錯了！」

哭號、尖叫、求救彷彿都從一處洶湧而來——走廊盡頭緊閉的大門。

她走到門前，觸碰到冰冷的鐵門。

然後用力一推。

「啪啪啪！」

門內傳來鼓掌的聲音。

「好，太厲害了。」一位中年男子拍著手興奮地說：「海，你果然做到了。」

一股腥臭的味道撲鼻而來。

「這是什麼味道？海水的味道？落葉的味道？腐壞的味道？我知道了，是生命破裂的味道。」

腳下濕濕黏黏的，但早已沒有低頭的力氣，刺目的顏色完全無法映入眼中。

「溢出來了，變了，壞掉了，好多好多，一直湧上，要窒息了。」

是誰？是誰的聲音？

忍不住抱住頭，摀住耳朵，也毫無作用。

「漩，過來。」

一道熟悉的低沉嗓音響起。

小漩茫然地抬起頭，縱使許久未見，她仍能在迷惘中一眼認出自己孺慕的血親。

「……爸、爸？」

她像個迷失的孩子，急忙跑到父親身邊。

感受著父親如同記憶中輕輕拍自己的肩膀，並期許地開口說：

「去把[redacted]。」

無法理解。

爸、爸爸、在說什麼？為什麼，完全，聽不懂。

她無助地轉過頭，一旁拍手的中年男子……是叔叔，站在另一側負手微笑的……是哥哥，都注視著自己。可是，沒有停止，沒有用。

就算意識完全無法理解，手腳也已經動了起來。

「不要！停下來！拜託……救、救我……」

是誰？

是誰的聲音？

「是他，是她，是它，是我，是我，是我。」

「是我，原來是我。」

遠處傳來叔叔高昂飄忽的話語：

「成功了！居然能同時操控實驗體又保留原本的意識，只要把這成果上報到組織內部，我們何家一定能……不，生物凝膠的技術還是要先扣在手中……」

「海，這是你的計劃，你說說看。海？」

回答父親的卻是一記槍響。

「你！來人！快來……」

叔叔的叫喊戛然而止，因為衝進來的隨扈槍口對準的不是何海，而是抵在他的嘴邊。緊接著，「咚」一聲，他嚇得跌坐地上，因為看到了隨扈髮際細微的實驗手術傷痕，止不住地瑟瑟發抖。

何海踩在血泊中父親抽搐的手指上，好奇地低頭看了一眼，旋即補上一槍。

「無聊。」何海失去興致地走開，也不看向另外兩人，恍如自語：「意外嗎？」

他不期待回答，漠然地說：

「我倒覺得一切都在意料之中，挺無趣的。實驗還沒結束，這群老傢伙就開始想著地位、權力、控制、壟斷……真老套呢。」

何海說著輕笑出聲。

這時，癱坐在地上的叔叔終於發問：「你、你想做什麼？」

「次批型已經投入社會，軍部的單子也都訂了。正好，A國的總理最近不是要來訪，準備簽訂不擴散核武器條約？」

「……你、你難道，想刺、刺殺他？」

「錯了。」

何海像公布猜謎答案般，一字一句地開口道：

「是戰爭。實驗，還不夠……果然只有軍費……不，只有戰爭才夠意思。」

若有所思地低語完，何海轉頭俯視驚愕失聲的叔叔。

他的臉上揚起微笑，卻如同望著滾動的垃圾空罐般，沒有溫度。

「不、不！等、等等，你看我都懂，我了解的，哈、哈，這計畫實在是太棒了！我、我可以幫你……」

叔叔掙扎地往何海腳邊爬去，卻被漆黑的槍口擋住。

「別傻了。」

何海將槍管上濺到的鮮血，拍打到叔叔的臉頰上。

「你以為我是在對你說話？留你的目的，只有一個——漩。」

聽到自己的名字，失神的小漩渾身一震。

刺目的腥臭，紅的；冰冷的牆面，白的；尖銳的焦痕，黑的，都無法理解。

腦中混亂嘈雜的私語倏然消退，被單一的聲音壓過。

「失望嗎？」

這是哥哥的聲音。

「真遺憾，這裡沒有漩期盼的溫馨大團圓，世界上也沒有漩想像的家。妳，只是他製造的財產，實驗品。」

她緩緩抬起頭，強撐著直視一切事情的主因，一切瘋狂的源頭。

為什麼？為什麼要這麼做？她完全無法理解。

「漩理解過什麼？何家？計畫？父親？我？什麼都不知道，卻付出尊敬、期待，甚至關心……妳的在乎、妳的喜愛到底算什麼？……真讓人忌妒又厭惡呢。」

流進來了，好悶、好痛，快要無法呼吸。這是什麼？悲傷、憎恨、折磨、恐懼、欣喜，還是孤獨？

……是哥哥。

原來，我從來沒了解過哥哥。

「現在，妳終於知道了。」

哥哥慢步朝小漩走來。

「那到底人與人之間真的有『心靈相通』嗎？」

漫不經心的步伐，每一步又宛若踏在小漩心上。

「我只給妳一個阻止我的機會。」

何海站定在小漩身前，遞出手上的手槍，猶如睡前互道晚安般輕語：

「殺了他。」

「他」只可能是那個人。

「不！不……」叔叔才剛驚喊出聲，就被隨扈堵住。

「變得跟我一樣。」

哥哥笑意不減，聲線卻越發低沉危險。

「或者……殺了我。」

她感覺到冰冷的金屬觸碰到手指，雙手不受控制地握住手槍。

不要，停下來！

「來，在乎我的話，就證明給我看吧。」

哥哥毫無防備地站在槍口前，慵懶地笑著，彷彿品味著此時此刻。

周圍的血汙都無法染上那身影，好似世界如何都不受影響。

手已經不像自己的，不受控制地舉起手槍，手指熟練地放在扳機上。

淚水從眼角滑下，滴落到顫抖的手臂上。

哥哥……

「……對不起。」

視線被淚水模糊，到最後，什麼都看不清楚。她調轉了槍口，對準自己。

「漩——」

恍惚間她也許聽到了撞開門的聲音，或急促的奔跑聲，但都不重要了。

接著，她扣下扳機。

一記槍聲響起。

她的身子一晃倒了下去，沒有痛覺，只感覺自己落到一個溫暖的懷抱裡。

僵硬的手指扣不到扳機，僅握到濕滑的鮮血。

是「黎遠」，他正緊緊地抱著她，右手握住槍管，手心被子彈洞穿，撕裂了一個血口。

她怔怔地重新凝聚視線，卻被他摀住。

「不要看。」耳畔的聲音猶如聲嘶力竭般沙啞。

發生什麼事了？

「不見了，少了一個，空了，失去了。」

腦中少了一個聲音。

哥哥……消失了。

在最後一刻，哥哥控制了她的手，朝反方向開了一槍。

「不要……哥哥。完了，停止了，結束了，可以解脫了。哥哥，騙人，不可能……啊、啊啊啊啊！」

痛，碎掉了。腦中的聲音都崩毀了，壞掉了。

不遠處又傳來兩道槍聲，與軀體癱倒的聲響。

「是我、是我殺了哥哥。」

那麼下一個……

「……殺了我。」

她吃力地睜著雙眼，腦部的刺痛猶如鉗子般絞碎意識。

「對不起，哥哥，證明，做不到。但我不會讓哥哥，一個人……」

忽然，冰涼的液體滴到臉上，清冷又帶著苦澀的味道，讓她在混亂之中找回一絲清醒。她望向他。

可是看不清楚，一切都如同在幽暗的陰影下。

耳邊傳來模糊低啞的聲音：

「……不，不可以……活下去，求求妳，為了我，撐下去。」

不過，來不及了。

「不行了，好冷，我，要消失了……」

身體在發抖，視線早就昏暗不清，就連知覺也漸漸麻木。

「殺了……請、請殺了我。」

這是最後了。她想伸出手，覆在他顫抖的手臂上，然而別說移動手指，就連動動嘴角的力氣也都消失。她什麼都做不了，雙眼就已無力地閉上。

黑暗中，只聽到沙啞而決絕的低語。

「……不，我不會讓妳死的。就算，忘掉我，就算要付出一切……」

❤ ♠ ♦ ♣

低語似乎還在耳畔迴響，她的手往臉上一伸，卻沒摸到冰涼的液體。如今她躺在同樣溫暖的懷抱中，再度張開眼睛。

隨後，對上晦暗凝重的雙眸。

「……黎、遠。」

黎遠輕輕抱住小漩，壓抑著顫音說：「漩……」

而阿和站在一旁，正舉著手槍對準兩人。

小漩望著四周相似又不同的實驗室，沒有血海、沒有屍體，除了廢棄後的歲月痕跡，什麼也沒留下。

原來，剛剛的一切都是記憶……不，是晶片裡的紀錄。

她不顧黎遠憂慮的目光，掙扎起身。

望著擋在身前的槍孔，她已不再害怕。之前不過是在逃避過去的記憶，自己早就握過槍、扣過扳機，雙手都沾上血腥。

她靜靜凝視失去笑容的阿和，虛弱但毫不軟弱地說：

「『鑰匙』，我想起來了。」

她察覺到扶起自己的黎遠雙手一緊，等她踏出一步又隨之鬆開。而阿和眼中閃過複雜的思緒，他側身讓開，並移動槍口，對準黎遠。

小漩對周圍恍若未聞，往實驗室中央走去，直走到主電腦之前。

——是我，是我拒絕哥哥，殺害了哥哥。

——這一切都是我的過錯。

什麼都不見了，消失了，就連自己都遺忘了。

只有這裡，有著哥哥最寶貴的研究資料，唯一留下的痕跡。

——對不起。

「嗶」一聲電子音閃過，牆上巨大的螢幕倏然亮起，顯示著一串文字：

【驗證成功，已登入最高權限，歡迎使用中央系統。】

隨即飛速閃爍無數的訊息。

阿和放下槍，欣喜地說：「成功了！總算、可以擺脫了。」

然而無數訊息飛逝過後，最終僅停在一個檔案上。

整個主電腦中只剩下一個檔案。

不等皺起眉的阿和上前操作，檔案就已自動播放，那是一段影像。

『如果有其他人看到這段影片，那麼，恭喜你，你將會聽到真相。』

影片中的不是別人，是哥哥。

他正漠不關心地把玩著手中的物品。

『霍爾蒙克斯計畫——失敗了。』

打從一開始，我就沒什麼興趣敷衍那群老不死的妄想。數據，永遠只會是數據，不可能承載靈魂。我實驗的目的向來就只有一個，為了活著的人……』

何海突然用深不可測的雙眼注視著鏡頭，有如穿越了螢幕與時空，看著此時此刻螢幕前的人。

『為了妳，漩。當妳看到這影片就代表……』

何海說著閉上雙眼，彷彿難以承受接下來的幾個字。

『我輸了。』

這時，他的雙手一停，露出手中把玩的事物。

——碎掉的陶土人偶，那個笑著但被他親手摔成兩半的自己。

當他再次直視鏡頭，他依舊笑著，笑容中卻多出更深、更難以說清的意味。

『漩，妳拒絕了我，而我的心胸十分狹窄，所以我什麼都不會留給妳。妳就抱著傻傻的夢想，一輩子平庸地活著吧。』

說完，畫面一暗，影片立即結束。

除了這短片，最高權限的根目錄中什麼都沒有。

「……不可能。何海這麼重視這個計畫，不可能什麼都沒留下……難道一切都是預謀好的？不可能！」

阿和慌亂地操作主電腦，但徒勞無功。

而黎遠從未望向螢幕，單單注視著小漩。

他慢慢走近，從身後牽住小漩的手，擔憂地低語：「漩……」

小漩如同沒有聽到般，愣愣地凝望漆黑的螢幕。

——不懂。還是搞不明白。

這些話是真的，還是謊言，她分不清。

可是無人可以詢問，哥哥也不會回答她。

——真惡劣。

一直以來，自己什麼都不明白，從來沒有理解過哥哥，在所有人的縱容之下，無知又天真地活著。

到最後，她還是什麼都不知道，連哥哥是恨自己、厭惡自己，還是祝福自己，都不知道。真的很過分，很過分。

沉重的淚水刺痛了雙眼，直接在破碎的哽咽中滑下。

她像年幼時那般哭了。

被牽住的手傳來溫度，黎遠還站在身後，緊緊握著她。

這隻手她推開了無數次，這一次，她不會再放開。

螢幕下，阿和仍然沒有死心，站在主電腦前不斷測試各種指令，查詢有沒有隱藏的檔案，或試圖復原被刪除的資料。

黎遠對著阿和，冷漠而憐憫地說：

「當年的計劃失敗了，所有的實驗體都因為腦中灌入的記憶，產生自我認同混淆、情緒錯亂，甚至解離性障礙。你一定很清楚，因為你也是其中之一。」

阿和驟然停下動作。然後像認清事實般，緩緩轉過身，看著兩人笑了。

「是的，我當然很清楚。知道被灌入我腦中的是誰嗎？說好聽是戰爭英雄，說直接點，就是犯下大量屠殺、違反人道罪的丙級戰犯。

真可笑吧？在這個和平的時代，沒有上過任何戰場的我，居然也有戰後創傷症候群。哈！這可不是什麼很帥的事情啊，可是讓我的『父母』非常恐懼，恐懼到主動把我丟給組織呢。」

阿和看著自己的雙手，沒有絲毫顫抖，穩定有力，十分適合握槍。

而他也只有在握槍的時候才能心情平穩，感到安心。

他不痛恨組織，因為接受實驗前的事情全都忘了，沒有記憶就沒有懷念，也無從恨起。他甚至還有些感謝，由於組織的訓練他可以偽裝成正常人，不再半夜驚醒，不再因同學的打鬧而用上殺招，也不會在別人從背後拍他時反絞住對方的脖子。

阿和望向小漩，注視著與自己擁有相同際遇，卻又忘記一切的她。

如果沒有小漩，他可能還是一個普通的高中生，每天僅僅煩惱著如何應付家長、混過考試，和怎麼交到女朋友吧。然而因為小漩，他失去了家人，失去了安身之處，成為社會中的異類，唯一的聯繫僅剩下她，與自己相似的只有她……只有她。

真可笑呢，沒有可以歸咎的對象，唯獨這個留下自己的錯誤世界。

阿和慢慢舉起恍如陪伴多年的手槍。見到黎遠防備的樣子，他開朗地說：

「放心，殺了你們已經沒什麼意義。我就算是個工具，也是個理性稱手的工具，不會無意義地濫殺。」

他把槍口對準自己的腦袋，直視著黎遠，愧疚地苦笑說：

「真抱歉，在最後還要麻煩你一件事，請把晶片毀掉，別讓他們回收。」

小漩還未擦去眼淚，就帶著鼻音趕緊開口：

「等、等等……還有、機會……可、可以重新……」

阿和深深凝望小漩，放下偽裝，真誠地笑了。

「謝謝，但我累了。跟妳在一起的日子，真的很開心。」

下一刻，他扣下了扳機。

不料，手指卻停在扳機上，無法動作。

「0101101011101011111000010101010。」

小漩大喊出一連串二進位數字，之後喘了一口氣才說：

「笨、笨蛋！都不會等我說完嗎？這、這是晶片的停止碼。」

頭，好痛。小漩一個不穩，身形一晃，立刻被身後的黎遠扶住。

對上黎遠擔憂的目光，她微微一笑。

方才為了阻止阿和，強制喚醒晶片而導致腦部陣陣刺痛，但同時她也想起來了——

哥哥在自己腦中放入的祕密。

「……別、別想太多，我腦袋裡沒有實驗資料，不過……哥哥放在我腦中的晶片是原型（Prototype），記錄著所有晶片的指令……請、請不要告訴別人。」

小漩勉強地朝震驚的阿和解釋。

她說謊了。

其實根本沒有停止碼，只有「命令」——作為原型可以直接控制其他晶片。

她更來不及說，強制喚醒晶片、發出命令訊號會帶給腦部大量負擔。

霎時，大量的雜音、雜訊湧入五感。一時之間，她甚至無法控制自己維持站姿，也無法再開口說話，意識跟身體都越來越疲憊……

接著，雙眼一暗，似乎又落入同樣的懷抱，聽到熟悉的聲音……

「漩，漩？怎麼了？漩！」

「小漩！小漩！可惡，醒醒，小漩！」

在最後一瞬間，她只想著，啊，又讓人擔心了。好不容易才記起來，不想再忘了，請讓我記得……

♥ ♠ ♦ ♣

夏季有些炎熱，溫室內充滿泥土腐朽的氣味，但小漩並不討厭，因為她知道在這裡可以找到哥哥。

「哥哥、哥哥！我作了一個很精彩的夢喔！」

哥哥從花叢中抬起頭來，笑著問：

「是怎樣的夢呢？」

「糟糕，好像有點忘記了。讓我想一下……嗯，好像是哥哥跟我互相交換了身體，後來、後來還讓爸爸媽媽嚇了一跳！哥哥平時要做好多重要的事，我都搞不懂，都被我搞砸了……不過最後換了回來，大家都很開心。總覺得啊，因為這個夢好像比較接近哥哥一點了！」

「是嗎？那真的是很不錯的夢呢。」

「是啊是啊！我也想多了解哥哥，哥哥也不要老是笑漩幼稚嘛，明明就是哥哥太老成。嗚，哥哥不要總是這麼嚴肅嘛，跟漩一樣開開心心的有多好。」

「嗯，哥哥真的很羡慕漩呢。」

那真的是一個美好的夢，很令人羡慕的夢。

讓人不想醒來的夢。

❤ ♠ ♦ ♣

愛麗絲醒了，回到了現實，回到了哥哥身邊，把荒誕的夢境告訴哥哥。

然後愛麗絲踏上回家的路。

哥哥則留在愛麗絲睡著的樹下，陷入愛麗絲光怪陸離的夢境，他在夢中看到小愛麗絲長大成人，過著平凡卻幸福的生活。

幕間5 ～獨角戲～

十四年前。

「不、不，我、我說的都是真的，請相信……」

當時年幼的他站在單向玻璃後方，默想著這幾天學到的要點：被冤枉者在無緣故監禁四十八小時後會憤怒反抗，而不是哭泣與害怕，哀求就是說謊的徵兆。

一聲槍響，中斷了男人的哭嚎。

「看到了嗎？這就是失去功用的下場。」

「作為棋子，不要跟主人推心置腹，而要有用。懂了嗎？」

他懂了。他一向表現都十分優秀，也一直相信自己會是一個好棋子，直到進入了何家。

進入何家第一年，見到何海的時間加起來還不滿二十四小時，而何海的第一個命令，不是別的，僅僅叫他照顧何海的妹妹——一個什麼都不懂的小女孩。

對於這個命令，他保持一貫良好的職業態度，溫和地微笑。

照顧小女孩只需要他所學會的一件事——耐心。

「為什麼大家都這麼怕你，你不是哥哥的朋友嗎？」

「不，我是何海的棋子。」

「咦？這是什麼意思，有什麼不一樣嗎？」

「朋友不該說謊，也不會揭穿周圍人的謊言，但棋子不是。人充滿謊言，而人都會害怕別人說謊，也害怕自己的謊言被揭穿。所以人會害怕棋子。」

「嗚……可是我也會說謊啊，會騙老師作業忘了帶，或是偷偷把藥水倒到花瓶裡面，不過你也沒拆穿我。」

「小姐不害怕謊言嗎？」

「嗚，你有對我說謊過？難道！上次你跟我說爸爸來了是騙我的嗎？」

「不，但總有一天我也會對小姐說謊。」

「你是哥哥的朋友吧？也是漩的朋友吧？只要我知道你說謊是為了我好，那就好啦。」

他笑了一下。

「別小看我！我可是懂的喔。相不相信你是我自己的事嘛，相信你是我的選擇，如果被騙就是我自己要負責。而且本來我相信你就不是因為你沒騙過我，而是因為我們是朋友。所以就算你騙過我，我也願意相信你喔。」

那一天，他相信了。

❤ ♠ ♦ ♣

「坐下吧，別站在那，怪疏遠的。」

「不，我是……」

「你不是我的棋子。」

何海為自己倒了一杯茶。

「你是何家的棋子，我父親的棋子。對吧？」

隨後倒了另一杯舉到他面前，微笑說：

「放心，我沒有打算『調走』你，我今天是想跟你談一場交易。你喜歡漩。別否認，我看得出來。

父親一直不讓漩接觸家族事務，就是希望她能以另一種方式為家族所用——聯姻。

喝點茶吧，涼了就澀了。

我不需要你為我做什麼，相反的，我只需要你什麼都不做。作為父親放在我身邊的棋子，只要不妨礙我，就夠了。

作為交換，我會推舉你做執行者。漩一旦接觸這個計畫，就不再適合做聯姻的籌碼。我想父親很清楚該怎麼利用漩的剩餘價值，拉攏一個組織內的執行者。」

♥ ♠ ♦ ♣

一切都是他的罪過。

由於他的私心，沒有阻止，導致無法挽回的悲劇。

實驗室內一片腥紅，鮮血如油漆般濺灑在一塵不染的白牆上，或沿著陶瓷地板匯流到腳邊。

一旁傳來屬下焦急的聲音：「這、這該上報給哪位……」

「出去。」

「必須趕緊聯……您、您是說？」

不等慌亂的屬下回神，他淡淡地說：「不，不用了。」

接著就是一槍。

因為他明瞭了，這是不能讓他人得知的祕密。

他望著染上鮮血的中央電腦，登入自己的身分識別碼，牆上的螢幕旋即一亮，播放起何海留給他的最後訊息。

『你願意為漩付出一切嗎？』

——我願意。

『為了中止實驗，又避免漩被處分，你必須讓我「叛逃」。並且刪除所有資料，聲稱漩是最後一個見到我的人，讓漩成為被組織「保護」的機密。

漩的狀況還不穩定，你需要與組織配合，讓組織洗去漩所有的記憶，包含遺忘你。你還要捨棄自己現在的地位與身分，成為沒有名字的「監視者」，來守護漩。

這樣還願意嗎？』

——我願意。

『就算她知道了真相會恨你？』

——我願意。

一年後，他在網路上流出了實驗影片——少女A最初的影片，為了引起輿論關注，牽制組織，並讓組織相信何海仍在「叛逃」。

他願意捨棄一切，背負一切，永遠做她無名的棋子。

♥ ♠ ♦ ♣

「這人，就交給你了。」

如今「黎遠」恍若未聞，依然專注地盯著螢幕，整個昏暗房間中唯一的光源。螢幕中是白色的病房，病房內躺著一位昏迷不醒的少女。

而黎遠身後不遠處，一名中年男子被綁在椅上，衣服凌亂，不停掙扎。

椅子旁，另一名不惑之年的男人似笑非笑地彎起嘴角。

如果常幫黎遠駕車的秘書在場，一眼就可以認出男人的身分——正是黎遠缺席緊急會議時，前去拜訪的敵對派掌權者。

那男人拍了拍中年男子的臉頰。

「好，組織也『整肅』完了，接下來……」

隨即扯開堵住中年男子嘴巴的布條，低笑說：

「好好享受。」

語畢，就帶著隨行的屬下離去。

中年男子一解開束縛，便破口大罵：

「混帳！放開我！你這個叛徒，狼心狗肺的兔崽子！我是何家的當家，何漩的叔叔，她絕對……」

聽到小漩的名字，黎遠斂下眼中的心緒，緩緩轉過身，沉聲說：「剩下你了。」

「你、你這是什麼意思？」

「當年，是我的疏忽。沒想到你活了下來……」

黎遠的雙眸從望著遙不可及的遠方，倏然轉向身前。

「我也一直等著，等你動手的一刻。」

「你！你在說些什麼？」

「你太急躁了。」

黎遠輕輕一笑。

「一開始就想監控我，又急著撇清關係，而把明處的人手都交到我手中。等我也『叛逃』之後，你急著先逮到我，連暗處的人手也用上……別裝了，都這時候，還有什麼好藏的？」

「不！只、只憑這些，根本就沒有道理汙衊我背叛組……」

辯駁猝然而止。

因為黎遠已經走到他身前，俯視著他，面容在逆光的陰影中模糊，只有左手上的槍械微微露出寒光。

「你說得沒錯。不過，我打從開始，就想奪取何家的一切。」

所有的「證據」早已「準備」俱全，全都指出阿和背後的主使，就是小漩的叔叔。

「你！居然勾結江家，陷害我。你以為除掉我，一切就都是你的嗎？」

中年男子說著，嘶啞地低笑。

「呵呵呵，其他人也絕不會放過你的。」

是的，黎遠也很清楚，這事件幕後主使絕對不只一人。

還有更多高層，在暗處對何海的實驗虎視眈眈。

原本，一切都在計畫之中。

他生也好，死也好，計畫都會繼續進行。

小漩厭惡自己、遠離自己、遺忘自己，怎樣都好，仍舊會順利奪回何家。

只要讓她遠離一切的危險，為她扼殺一切的威脅，就夠了。

唯有一點，他無法控制。

……漩。

他不是沒有妄想，而是不敢冀望。

戴著手套的右手無法克制地緊握，直到隱隱生疼。

縱使她忘記過去，縱使他無法解釋，縱使在地下車站目睹他想隱藏的模樣……她的選擇不是排斥，不是離開，而是留下來……相信他。

所以，最後他必須強壓內心阻止小漩的衝動，眼睜睜地看她恢復記憶，並在各方的監視下，親自登入研究所的主電腦。

「哈哈哈哈——」

看到他暴露的掙扎，中年男子肆意狂笑。

「等著！何海早就瘋了，早已把自己的意識傳到何漩的腦袋裡面。你無法控制那個怪物！你的野心總有一天會被她識破，總有一天她也會殺了你……」

一記槍響中斷了男子的狂語。

溫熱的鮮血慢慢從指尖滴下，落入陰影之中。

他轉過身，望著黑暗中唯一的光芒。

漩……

他不自禁地伸出手，卻在還未碰到螢幕前止住。螢幕的冷光之下，手上骯髒的血汙腥紅得刺目。

他忍不住輕笑出聲。

「……是的，我唯一的野心……唯一的奢望……」

終章

回歸的愛麗絲

這是一個普通的早晨，與之前幾天並無不同。早晨起來上學的上學，工作的工作，世界從不會為任何事物停止運轉，第二天也總會來臨。但在眾多相似之處下，還是有一點點不一樣。

因為人可以改變。

「不、不准拔！還有，我、我自己吃！」

小漩趕緊護住電腦，之後閃開每日早上例行的餵食。

「我已經是大……」

話還沒說完，嘴又被塞了。今天是小漩最愛的小籠湯包，她非常非常非常……滿意。因為食物而投降，只是屈服於生物本能，絕對不是被某人馴服了，絕對不是！

然而小漩的抗議僅僅在心裡，嘴巴已經忙著吃起早餐了。

日光穿過清晨的薄霧，照入室內，在窗台與地板蒙上柔和的光輝。黎遠一樣靠在窗邊，背後的微光描上衣領、髮梢，陰影中柔和的雙眸似笑非笑地望著小漩。唯一的不同之處，是在小漩的強烈堅持下，黎遠脫去了右手手套。

貫穿手背的傷痕依然刺眼，每每視線對到，小漩心底還是會隱隱作痛，總要強忍住下意識的閃躲。

她已經不想再躲了。

這是見證她過去的烙印。她曾自私地逃避、忘卻一切，連同傷痕的主人也忘了。

直到現在……

小漩默默地吃完早餐，隨後提出昨天沒問出口的疑問：

「……話說，我醒來的時候，你怎麼都沒問我還記得多少？」

黎遠淡淡笑了，只說：「忘了也沒有關係，我會幫妳一起記得。」

小漩心裡有些感動，不過馬上察覺到不對勁……

「等等……你的意思是——如果我忘了也沒打算告訴我嗎？」

直到現在她還沒有告訴黎遠，似乎因為強制喚醒晶片，一時大腦超過負荷，自己仍然有很多事沒想起來。

不過她知道，她還有很多時間，可以慢慢回憶，更重要的是一起度過未來。

她也不知道黎遠與組織達成了怎樣的協議。縱使黎遠不再瞞著她，許多複雜的事務她在旁邊看著都一頭霧水，反而好像干擾到黎遠，一邊忙著聯繫，一邊還要照顧自己。

結果，黎遠又在她什麼都不懂的時候，辦好了一切。

至於久彌，早在昨天從病房清醒的時候，她就打開手機查看，不出意料，再度看到了一連串簡訊與未接來電。

而且不到一秒，馬上響起來電鈴聲。

『小漩？小漩！妳知道這幾天妳害我老了幾歲？再這樣操心下去，我就可以Cos妳媽了……』

面對久彌的碎碎唸，小漩心虛一笑，接著跟久彌約好今天中午一起吃飯。

當小漩總算回到學校，一進教室，目光就不由得注意起斜前方還空著的位置，心中忽然有些感慨。

短短幾天，經過了這麼多事，交到了一個朋友，也失去了一個。

儘管一切的源頭都是虛假，自己虛假的記憶、他虛假的身分、虛假的騷擾犯，還有根本就不存在的「愛麗絲」……甚至相處的點點滴滴也充滿謊言，真真假假到後面連自己也分不清楚。

然而心裡並不後悔，還有些感激。

因為經過這一切，自己才想起重要的記憶，而且也交到了真正的朋友。

和他一起度過的日子有開心、有痛苦，回想起來還有點後怕，也有更多的愧疚。

儘管最後可能再也無法相見，心中有些失落，她還是對這曾經的朋友報以祝福。

然後，小漩回到了自己的座位上。

回到日復一日，平凡但也安穩的日常生活。

「唉？你終於來了！」

「怎麼這麼多天都沒來上學啊。」

「前幾天老師才說要去你家拜訪呢。」

「還好吧？發生了什麼大事嗎？」

「我跟你說喔，你沒來的這幾天可是錯過了好多事喔！」

「等一下第三節要小考，你需要借筆記嗎？」

班上突然吵雜了起來，但一切都與她無關。

小漩依舊望著窗外，猜想今天午餐黎遠準備了什麼，午休又要跟久彌聊些什麼。

不過沒想到聲音沒有逐漸遠去，反而離自己越來越近。

「早啊，小漩。」

小漩愣了一下，正想著誰會無聊到來找自己，轉過頭來竟然大驚失色。

「阿、阿、阿和？你、你……」

「怎麼這麼吃驚，我們前天不是才見過嗎？」

這句話一出口，班上立即掀起騷動。兩人同時蹺課，還私下見面，有戲！

「你、你不是……」

阿和不顧周圍的視線，霸佔她前面的座位，低聲說：

「我可是妳的新任監視者喔，請多指教。」

什麼！阿和居然……

趁著小漩吃驚之際，阿和靠到她耳旁，輕聲說：

「還有，在沒聽到妳的回答前，我是不會放棄的。」

阿和笑著欣賞小漩因為自己產生的表情變化，並悄悄握住手機，裡面還有他最珍藏的祕密。

♥ ♠ ♦ ♣

觀測員儲存了紀錄，關閉即將上繳的檔案。

「海，你看到這裡，心裡做何感想呢？他沒有死，她的信任救了他……」

回想起少女沒有半點相似之處的真誠笑容，他若有所思地低喃：

「她真的、跟你一點都不像……

別裝成一副早就料到的樣子，當你離開的時候，這一切早就脫離你的控制。

每一個參與者都以自身的意志，扭轉現實，把你最初的劇本改寫得面目全非。

承認吧，你確實輸了。」

難得遇到對方失敗的局面，他卻笑不出來，僅能自嘲地彎起嘴角。

「可是我……後悔了。

這就是活著……你現在明白了嗎？

海，我所能為你做的也就到此為止。

這個事件已經結束，接下來就要看你們的了。」

後記

無論是買書、租書、去圖書館借書，還是室友看膩丟到一旁被你撿到，也不管正文你看了多少，還是一開始就直接翻到後記，我都由衷地感謝你。

感謝你翻開我生澀的處女作。

文字正因為有人閱讀才產生意義，謝謝你賦予它們生命。

這本確實是我第一篇完本的小說，所以請看在這是處女作的分上……千萬不要放過我喔！（笑）

閱讀過程中，也許你有過會心一笑，或者對某個角色不滿生氣，抑或看到後來非常想打作者，都很歡迎到臉書或噗浪來踩我喔！

不過懇請愛護地球資源，切勿撕書燒書。看完後，快把這本書拿去禍害你的親朋好友或最討厭的人吧！

說到這本書靈感，其實源自很多日常中的恐懼。

像是對說錯話的恐懼，怕得罪人、被人誤解的恐懼，不知道已讀不回是什麼意思的恐懼，擔心自己會不會太認真或太裝熟的恐懼，害怕自己拖延癌發作被責編催稿的恐懼，擔心《忘卻的愛麗絲》沒有人寫心得文的恐懼……

又如寫小說的過程中，也會戰戰兢兢、自我懷疑，也深知自己離喜歡的小說作者、敬佩的前輩們還有很多很多不足之處，與可以進步的空間。

儘管如此，我相信——不去嘗試，雖然不會做錯，但也不可能變好。

因此，就算一點點也要持續前進，想繼續努力寫得更好。不想因為過去的失敗犯錯，就比未來的自己更先自我放棄。

所以……

無論是怎樣的回饋跟建議，都是我很珍貴的成長養分！求餵食、求拍打、求飼養！（誤）雖然有句話說「沉默是金」，但對於在沙漠中的我，灌水可是比金句更珍貴喔，請快來淹沒我吧！

除此之外，還想聽聽更多我寫文時的祕辛嗎？想知道我這篇文一共修改了幾個版本嗎？這篇文最初真的有連續殺人分屍案件？「黎遠」的靈感來源其實是某青年漫中的女性角色？原本的主角是頹廢少年，而女主角是源自另一個故事？

有任何想對我說的話，或是想問我的問題，都可以到「《忘卻的愛麗絲》Ｑ＆Ａ」（http://ppt.cc/cViML）跟我討論！

並在此感謝給我這個機會的台灣角川、畫出美圖的ＭＯ子老師，與辛苦的責編。沒有責編不辭辛勞的幫助，這篇文沒辦法成為各位手中精美的書籍。

也謝謝給過我許多寶貴修改意見與鼓勵的Ｇ.Ｄ.、噓言、無偏估計、大隻狼、亞蘇、TartPrince，與同屆的瀰霜老師跟月亮熊老師，角川的小鹿老師、愛子老師，以及原創輕小說吧和鍵盤輕小說研究社的各位，更特別感謝白骨外道，謝謝你不厭其煩的支持與勉勵。祝所有熱愛寫文的朋友都寫作順利！

最後再次感謝閱讀這段文字的你，希望下一本書也能與你相遇。

筆尖的軌跡

國家圖書館出版品預行編目資料

忘卻的愛麗絲 / 筆尖的軌跡作. -- 初版. -- 臺北市 : 臺灣角川, 2015.09

面 ; 公分. -- (Kadokawa fantastic novels DX)

ISBN 978-986-366-692-9(平裝)

857.7 104014534

Kadokawa Fantastic Novels DX

忘卻的愛麗絲

2015年9月25日　初版第1刷發行
2017年5月8日　初版第2刷發行

作　者：筆尖的軌跡
插　畫：MO子
發行人：成田聖
總　監：黃珮君
總編輯：蔡佩芬
副主編：林秀儒
美術設計：宋芳茹
印　務：李明修（主任）、黎宇凡、潘尚琪
發行所：台灣角川股份有限公司
地　址：105台北市光復北路11巷44號5樓
電　話：（02）2747-2433
傳　真：（02）2747-2558
網　址：http://www.kadokawa.com.tw
劃撥帳戶：台灣角川股份有限公司
劃撥帳號：19487412
法律顧問：寰瀛法律事務所
製　版：尚騰印刷事業有限公司
ISBN：978-986-366-692-9
香港代理：香港角川有限公司
地　址：香港新界葵涌興芳路223號新都會廣場第2座17樓 1701-02A室
電　話：（852）3653-2888